KB050402

天沐鬼王

천목귀왕 4

초판 1쇄 인쇄일 2015년 12월 18일 ㅣ **초판 1쇄 발행일** 2015년 12월 23일

지은이 청울 ㅣ **펴낸이** 곽중열 ㅣ **담당편집 팀장** 이범수
편집부 신연제 이윤아 김호성 김은경

펴낸곳 (주)조은세상 ㅣ 출판등록 제 2002-23호
주소 경기도 연천군 미산면 청정로 1355
TEL 편집부 02)587-2966 ㅣ FAX 02)587-2922
e-mail bukdu@comics21c.co.kr

ⓒ청울 2015
ISBN 979-11-5832-401-8 ㅣ ISBN 979-11-5832-311-0(set) ㅣ 값 8,000원

전목
귀왕

天池鬼王

청울 신무협 장편소설

NEO ORIENTAL FANTASY STORY

북두
(5) 좋은세상

天流鬼王

청울 신무협 장편소설

天汶鬼王

19장.

깨나거 (2)

파지지직!

진도운의 몸에서 요동치던 살기가 돌연 앞으로 튀어나가 양염평의 전신을 뒤덮었다. 그에 양염평은 호신강기로 몸을 보호하며 파도처럼 자신을 덮쳐오는 살기의 한 가운데에 두 손을 집어넣었다. 그리고 그 살기의 파도를 양 갈래로 찢었다.

"크흑!"

돌연 양염평의 몸이 크게 흔들리더니 뒤로 걸레짝처럼 튕겨져 나갔다. 두 발을 바닥에 내려찍으며 가까스로 벽에 박히는 것만큼은 피한 양염평의 몸에 귀살류의 살기가 붙어 불꽃처럼 타오르고 있었다.

양염평의 몸에 덕지덕지 붙어있는 귀살류의 살기는 양염평의 호신강기를 갉아 먹으며 서서히 파괴하고 있었다. 그대로 있으면 호신강기를 뚫고 몸속까지 들어올 것이라. 바로 그것이 귀살류 태동의 위력이었다.

그는 재빨리 내공을 끌어올려 귀살류의 살기를 자신의 몸에서 털어냈다. 하지만 이미 상당 부분 호신강기가 파괴되어 다시 호신강기를 펼칠 수밖에 없었다.

'내공 소모가 막심하군.'

양염평은 이전보다 더 두텁게 호신강기를 펼치며 앞으로 몸을 날렸다. 지금 그는 자신이 밀리고 있다는 걸 깨닫고 승기를 잡기 위해 먼저 공격을 시도한 것이다.

비호처럼 날아든 그의 손이 진도운의 목을 노리고 쏘아졌다.

턱!

하지만 손을 뻗는 순간, 허무하게 진도운의 손에 손목이 잡혀 꿈쩍도 못하게 되었다. 헌데, 양염평은 손목이 잡힌 그대로 손을 펴서 수도를 만들었다.

그 순간, 그의 손에서 무형의 기운이 칼날처럼 길게 뽑혀져 나와 진도운의 목을 찔렀다. 천목수의 1초식, 천목도였다.

"……!"

진도운은 자신이 잡고 있는 양염평의 손을 위로 밀어냄과 동시에 자신의 목을 뒤로 젖혔다.

스팟!

진도운의 머리카락이 허공에 흩날리며 그의 뒤에 있는 벽에 얇고 긴 타원형의 구멍이 생겼다. 천목도가 남기고 간 흔적들이었다.

"제법이군."

양염평은 진도운에게 잡혀 있는 자신의 손을 그대로 두고 몸을 띄웠다. 동시에 아래쪽에서 무릎이 불쑥 튀어나오더니 진도운의 턱을 노리고 솟구쳐 올랐다. 진도운이 뒤로 젖혔던 고개를 다시 앞으로 당기는 순간을 노린 것이다.

퍼억!

헌데, 오히려 양염평의 신형이 뒤로 밀려나며 공중에 붕 뜨는 게 아닌가? 어느새 진도운이 반대쪽 손을 내밀어 양염평의 가슴팍에 일장을 내갈긴 것이다.

"흐음."

양염평은 호신강기를 뚫고 가슴뼈까지 전해지는 묵직한 충격에 침음을 삼켰다. 하지만 그는 내색하지 않고 체공 중인 그대로 주먹을 크게 휘둘렀다.

콰앙!

대기를 떨어 울리는 굉음과 함께 강력한 강기 한 가닥이 뚝 떨어졌다. 그 강기는 마치 도끼질을 하는 것처럼 일직선으로 내려가며 진도운의 머리를 완전히 으스러트리려고 했다. 하지만 진도운은 가볍게 손을 휘둘러 손등으로 강기를 쳐냈다.

콰쾅!

11

강기가 터져 나가며 막대한 기의 여파가 사방을 휩쓸었다.

"어리석은 놈. 강기를 맨 손으로……."

쯧쯧 혀를 차던 양염평의 얼굴이 하얗게 굳었다. 어느새 진도운의 손은 귀살류의 살기로 뒤덮여서 말끔하게 보호받고 있었기 때문이다.

"강기든, 뭐든, 다 파괴해버리는 그 살기 때문에 성가시구나."

양염평은 객잔 바닥을 두 발로 디디며 말했다.

"그러는 장로님도 이걸 상대로 잘 버티시는 것 같습니다."

지금까지 귀살류를 상대로 이렇게 잘 싸워온 상대는 양염평이 처음이었다. 그래서 진도운은 한편으로 역시 대나 귀답다며 감탄을 하고 있었다.

"네 놈이 어디서 그 무공을 배웠는지 모르겠지만, 그것만으로도 네 놈이 죽을 이유는 충분하다."

양염평은 한때 백선문의 제자였던 백우결이 어떻게 구야혈교의 무공을 익힌 건지 궁금했다. 하지만 여기서 그런 걸 따지고 있을 틈이 없었다. 이유야 어찌됐든 구야혈교의 무공을 익힌 이상 더는 살려둘 수 없었다.

'백선문의 제자가 귀살류를 익혔다는 게 알려진다면 백선문은 끝이다.'

그때는 단순히 백선문의 명예가 더럽혀지는 것으로 끝나

지 않을 것이다. 어쩌면 작금의 구현회처럼 백선문 또한 무너질 수도 있었다. 그래서 양염평은 모든 내공을 끌어올리며 두 눈에 명백한 살의를 드러냈다. 그 살의가 어찌나 진한지 진도운이 발산하는 귀살류의 살기마저 그에 반응했다.

파직, 지지직!

진도운은 갑자기 미쳐 날뛰는 귀살류의 살기를 느끼며 싱긋 웃었다.

"……"

이제 더 이상 묻고 대답하지 않았다. 그곳에 남은 건 오직 서로를 노리는 두 적의(敵意) 뿐, 찰나의 고요가 지나가고 그 둘 사이에 미묘한 기류가 흘렀다.

그때, 양염평이 먼저 움직였다. 그건 더 이상 진도운을 자신의 아래로 보지 않는다는 뜻이었다.

매섭게 달려드는 양염평을 보며 진도운은 오른손을 휘둘러 양염평의 위로 귀살류의 살기를 퍼트렸다.

파지지지직!

그러자 양염평의 머리 위에서 귀살류의 살기가 거미줄처럼 쫙 퍼지며 그의 머리 위 공간을 뒤덮었다. 그리고 자신은 앞으로 내달리며 양염평을 정면에서 맞닥뜨렸다.

쑤왓!

찰나, 진도운의 손이 불쑥 튀어 오르더니 양염평의 얼굴을 잡아챘다. 아니, 잡으려는 순간 양염평이 다급히 고개를

 13

뒤로 젖혔다. 하지만 그건 허초였고 진초는 따로 있었다.

아래쪽으로 몰래 숨어든 진도운의 반대쪽 손이 양염평의 멱살을 잡았다. 그리고 그대로 양염평의 발목을 후려 찬 다음 어깨로 양염평의 명치를 들이박았다.

콰앙!

두 몸이 뒤엉겨 객잔 벽을 뚫고 밖으로 나와 땅바닥을 뒹굴었다. 겉보기에는 서로 균형을 잃고 넘어진 것처럼 보이지만 실상은 진도운이 그의 멱살을 잡고 힘으로 눌러 억지로 구르게 만든 것이었다. 그래서 그는 객잔 밖으로 나오자마자 멱살을 놓으며 공중으로 몸을 띄웠다. 결국, 양염평혼자 땅바닥을 뒹굴었고 진도운은 그런 양염평을 향해 귀살류의 2초식, 매나를 펼쳤다.

진도운의 양손에서 귀살류의 살기가 나뭇가지처럼 쭉쭉뻗어나가더니 그물망처럼 뒤엉켜 뚝 떨어져 내렸다.

파지지지직!

그때 땅바닥에서 구르던 양염평은 두 손과 다리를 들어땅바닥을 쳤다. 그러자 반동이 일어나 양염평의 몸이 옆으로 튕겨져 나갔다.

콰콰콰콰콰쾅!

바로 그 순간, 땅바닥에 매나가 쳐 박히며 땅거죽이 뒤집어졌다. 물론, 그 속에 양염평은 없었다. 하지만 진도운은예상했다는 듯 옆으로 몸을 틀었다. 그가 몸을 돌린 곳에서양염평이 자신을 향해 솟구쳐 올라오고 있었다.

체공 중이던 진도운은 그를 향해 바짝 세운 손을 위에서 아래로 휘둘렀다. 천목도를 펼친 것이다.

스팟!

진도운의 손에서 뽑어져 나온 무형의 칼날이 길게 뻗어져 나가며 양염평의 이마를 내리찍었다.

헌데, 양염평이 피하기는커녕 몸을 팽이처럼 회전시키며 두 손을 머리 위로 뻗었다. 그때 그의 두 손은 천목조를 펼치고 있었고 몸에서 올라오는 회전력을 실어 그 위로 떨어지는 진도운의 천목도를 갈가리 찢어발겼다.

콰콰콰쾅!

기파가 동심원처럼 연달아 퍼지며 진도운의 천목도가 싹둑싹둑 잘려나갔다. 그는 단단히 각오를 하고 온 듯 기의 여파를 온몸으로 맞으며 진도운을 향해 솟구쳐 올랐다. 그리고 마침내 진도운의 정면에서 진도운을 마주보았다. 그때 그의 옷은 다 찢어져서 너덜거리고 있었지만 아까 다친 손을 빼곤 딱히 다친 곳도 없었다.

파지지직!

그 순간, 진도운의 전신에서 귀살류의 살기가 타올랐다.

'그래. 이런 거였지.'

예전에 무공을 익힐 수 없었던 시절에 무공을 동경했고 무림인들을 선망했다. 그들이 선보이는 힘의 대결에 피가 뜨겁게 달아올랐지만 자신은 늘 지켜보는 입장이었다. 하지만 이젠 아니다.

'이제는…….'

어느새 양염평이 주먹을 내질렀고 진도운은 그 주먹을 한 손으로 잡으며 씩 웃었다.

'나도 이런 걸 즐길 수 있게 되었군.'

지금 이 순간 진도운은 무림인이 됐다는 걸 실감했다.

스윽.

양염평은 진도운의 손에 잡힌 자신의 주먹은 그대로 두고 발을 들어 올려 진도운의 가슴팍을 밀어 찼다.

퍼억!

하지만 진도운의 몸은 끄떡없다는 듯 그 자리에서 버텼다. 그에 눈을 움찔 떤 양염평이 반대 손으로 천목조를 펼쳐서 크게 휘둘렀다.

쐐애애액!

공기를 가르는 섬뜩한 소리가 울리자 진도운은 양염평의 주먹을 놓으며 뒤로 살짝 빠졌다. 하지만 천목조를 피하자마자 곧바로 몸을 튕겨 앞으로 나아가 양염평을 향해 두 손을 떨쳤다. 양염평 역시 피하지 않고 온몸으로 덤벼들었다.

파파파파파팟!

눈 깜짝할 사이에 오고가는 공방들.

그 둘에게서 뿜어지는 기의 파동으로 주변 공기가 요동쳤다.

멀리서 보면 기의 파동에 휩쓸려 그들의 모습이 제대로 보이지 않았다.

'엄청나군!'

땅에서 그 모습을 올려다보고 있는 단유휘는 바짝 마른 입으로 침을 꿀꺽 삼켰다. 그만큼 그 둘이 선보이는 무위는 어마어마했다. 그런데 그때 단유휘가 시선을 내려 주변을 둘러봤다. 어느새 그 부근으로 시나귀들이 속속들이 모습을 드러내기 시작한 것이다. 하지만 그들은 공중에서 서로 공수를 퍼붓는 진도운과 양염평을 보며 좀처럼 가까이 다가오지 못했다. 그들에게서 뿜어지는 기의 여파가 이곳 땅에까지 닿았기 때문이다.

촤악!

날카로운 기파가 땅에 떨어지며 흙먼지가 사방에 튀었다. 그에 단유휘는 손을 휘둘러 흙먼지를 싹 걷어내고는 다른 시나귀들처럼 그 둘의 싸움에 집중했다.

파앙!

양염평의 주먹에서 강력한 권력이 일어나는가 싶으면 진도운의 손이 거칠게 허공을 가로지르며 그 권력을 뭉그러트렸다. 반대로 진도운의 손에서 귀살류의 살기가 튀어 오르는가 싶으면 양염평은 재빨리 천목수를 펼쳐서 초식이 펼쳐지는 걸 사전에 막았다.

양염평은 어느 순간부터 귀살류의 초식을 제법 막아내고 있었다. 하지만 간간히 하나, 둘 놓치는 게 생겼고 그 놓친 공격에 살점이 뜯겨 나가 뼈까지 훤히 드러났다. 그만큼 귀살류는 무서운 무공이었다.

'더 큰 문제는⋯⋯.'

귀살류의 살기였다. 설사, 귀살류의 초식을 사전에 제압하더라도 귀살류의 살기가 호신강기를 뚫고 들어와 뼛속 깊이 스며들어 온몸을 시리게 만들었다.

'크흑!'

양염평은 온몸으로 귀살류에 맞서고 있었다. 그도 그럴 수밖에 없는 것이 귀살류를 피하려고 물러나면 진도운이 미친 듯이 몰아붙일 게 뻔했기 때문이다.

'어디서 이런 내공을⋯⋯.'

이 세상 어떤 무공도 내공이 받쳐주지 않으면 무색해지기 마련이다. 그런데 진도운의 내공에서 일어난 귀살류의 살기는 자신이 내뿜는 내공보다 한 수 위였다. 그건 내공만큼은 자신이 앞서있다는 착각을 완벽히 깨트렸다.

'제길.'

양염평은 진도운의 공세를 막으면서 서서히 팔이 저려오는 걸 느꼈다. 귀살류의 살기뿐 아니라 그의 공격 하나하나에 막대한 내공이 실려 있어서 그 공격을 제대로 막아도 막은 팔이 부러질 것 같았다.

콰콰콰콰쾅!

그 둘이 뿜어내는 기파가 더 강력해지며 땅바닥에 있는 시나귀들이 뒤로 훌쩍 물러났다. 심지어 단유휘조차 온몸을 짓누르는 기의 압력을 이기지 못하고 뒤로 물러나야 했다.

'이놈은 내공의 한계가 없단 말인가?'

양염평은 진도운과 손을 부딪칠수록 얼굴이 하얗게 질려 갔다. 자신은 처음부터 모든 내공을 끌어올려서 공격을 퍼붓고 있었다. 그래서 내공 소모가 심해 벌써 힘이 빠지기 시작했건만 진도운의 기세는 조금도 수그러들지 않았다.

빠악!

진도운의 공격을 손으로 내려찍은 양염평은 자신도 모르게 손을 바르르 떨었다. 순간, 손뼈가 박살난 게 아닌가 싶을 정도로 손에 막대한 충격이 전해졌다.

'더 강해졌다?'

자신은 내공이 점점 빠지며 공세가 약해지고 있건만 진도운의 공세에 실린 내공은 전보다 더 많아졌다.

'어찌 이럴 수 있단 말인가?'

당황한 양염평은 일순간 정신이 흐트러졌고 그건 여지없이 자세에 틈을 남겼다. 그리고 진도운은 그 틈을 놓치지 않았다.

퍼억!

진도운의 발이 양염평의 왼쪽 어깨를 내리 찍었다.

"흠!"

양염평의 얼굴이 하얗게 질리며 뒤로 쭉 밀려났다.

'제길……. 뼈가 다친 건가?'

팔 전체가 떨리며 어깨에 감각이 없었다. 하지만 어깨에 신경 쓸 틈이 없었다. 자신이 밀려나자 진도운이 미소를 지으며 날아들었기 때문이다. 그는 지금 잡은 승기를 놓치지 않겠다는 듯 미친 듯이 공세를 퍼붓기 시작했다.

진도운이 오른손을 떨치자 허공에 수많은 잔상이 남았다.

눈을 어지럽히는 수많은 변화들.

어느 게 허초인지 구분이 가질 않았다.

그에 양염평은 똑같이 두 손을 움직여 잔상을 걷어내기 시작했다. 헌데, 두 손을 내민 순간 잔상 뒤에 숨어있던 진도운의 왼손이 불쑥 튀어나오더니 금나수로 변해 양염평의 손목을 잡아챘다.

"헛!"

양염평은 두 눈을 부릅떴다. 그리고 자신의 손을 잡아당기며 가슴 쪽으로 밀고 들어오는 진도운의 오른손을 보았다. 어김없이 그 손엔 귀살류의 살기가 뒤덮여 있었다.

"끄으……."

진도운의 오른손은 양염평의 배에 박혔다. 그 순간, 양염평은 얼굴이 하얗게 질린 채 몸을 바들바들 떨었다.

파지지직!

양염평의 배를 뚫고 들어간 진도운의 손이 꿈틀거리는가 싶더니 이내 밖으로 나왔다. 그때, 그의 손 안에는 두툼한 살점과 함께 뼈도 한 조각 끼어있었다.

"으아아아아악!"

양염평은 미친 듯이 비명을 질렀다. 그 비명 소리가 어찌

나 처절한지, 주변에 있는 시나귀들은 듣는 것만으로도 얼굴이 창백하게 질렸다. 하지만 진도운은 그 비명 소리를 들으며 실실 웃었다.

으드드드득!

진도운의 손 안에 있는 뼛조각과 살점이 으스러졌다. 뒤이어 그가 손에서 힘을 빼자 살점과 뼛조각이 뒤엉킨 채 땅에 떨어졌다. 그때, 그 살점과 뼛조각은 가죽 껍데기처럼 축 늘어져 새빨갛게 물들어 있었다. 그것은 오직 귀살류의 3초식, 혈혼만이 남길 수 있는 잔혹한 흔적이었다.

"끄아아아!"

양염평은 온몸을 파르르 떨면서 비명을 지르다가 연거푸 다가오는 진도운의 손을 보며 재빨리 몸을 회전시켰다. 그러자 진도운의 손에 잡혀 있던 자신의 손목이 회전력을 따라 빠져나왔고 가까스로 진도운과 거리를 벌릴 수 있었다.

"허억, 헉!"

지금 그는 거친 숨을 토해내며 체공 중이었다. 하지만 곧 떨어질 것처럼 연신 몸을 휘청거렸다. 그때 그의 배에서 살점이 뜯겨져 나가 자리에 내장이 꿈틀거리는 게 훤히 보였다.

"끄으, 끄……."

양염평은 그 부근을 부여잡으며 재빨리 지혈에 들어갔다.

"제길."

양염평은 쉬지 않고 날아드는 진도운을 보며 어쩔 수 없이 땅으로 몸을 날렸다. 지금 이 상태에서 공중에 머무는 건 자신에게 불리한 일이었다.

헌데,

후우우욱!

그 순간, 머리 위에서 들리는 묵직한 바람 소리!

양염평은 등골이 서늘해지는 걸 느끼며 고개를 바짝 들어올렸다. 그러자 바로 눈앞에서 아른거리는 진도운의 발바닥이 보였다.

'피하기에는 늦었다.'

양염평은 두 팔을 십(十)자로 엮어 머리 위로 들어올렸다.

퍼억!

양염평의 두 팔을 그대로 내려찍은 진도운은 아예 그 두 팔이 교차된 지점을 밟고 섰다.

파르르.

양염평의 팔이 떨리는 게 발을 통해 느껴졌다.

씨익.

진도운은 웃었다. 그와 동시에 진도운이 살짝 몸을 띄우는가 싶더니 두 발을 엮어 동시에 내리 찍었다. 그때 그의 발엔 귀살류의 살기가 모여들어 발 끝에 뭉쳐있었다.

우지끈!

그 순간, 양염평의 팔뚝이 도저히 꺾일 수 없는 방향으로 꺾였다. 말 그대로 뼈가 부러진 것이었다.

"끄악!"

양 팔뚝이 바깥쪽으로 꺾인 양염평은 비명을 지르며 두 팔을 사시나무처럼 떨었다. 그제야 진도운은 땅으로 내려와 양염평의 앞에 섰다. 그리곤 양염평의 전신을 훑어봤다.

지금 그의 몸은 군데군데 살점이 뜯겨져 나가 몇 군데는 뼈가 흰히 보일 정도였고 배는 뼈까지 뜯겨 나가 내장이 꿈틀거리는 게 보였다.

"그럼, 약속대로……."

진도운이 손을 올렸다. 그에 양염평은 두 손을 움직여 맞서려고 했지만 이미 부러진 팔이 말을 들을 리 없었다.

푸욱.

진도운의 날카로운 손끝이 양염평의 배 아래쪽에 있는 기해혈을 뚫고 들어갔다.

"끄으……."

양염평의 눈이 휘둥그렇게 뜨이며 그의 입에서 침이 질질 흘러나왔다. 수십 년 동안 쌓아온 내공이 한순간에 사라졌다.

털썩.

양염평의 무릎이 풀썩 꺾이며 땅에 닿았다. 그의 얼굴은 단전이 부서졌다는 정신적 충격을 견디지 못하고 멍해 있었다.

"끄으……."

그때 진도운은 시나귀들을 향해 손을 뻗었다. 그러자 멀리 떨어져 있는 시나귀들 사이에서 검이 튀어나와 그의 손 안으로 빨려들어갔다. 그 먼 거리를 격하는 허공섭물에 시나귀들은 오싹 소름이 돋았다. 심지어 자신도 모르게 검을 뺏긴 시나귀는 검을 뺏기고도 아무런 소리를 내지 못했다.

진도운은 검을 휘둘러 양염평의 양 팔의 힘줄을 끊었다. 뒤이어 무릎을 꿇고 있는 양염평의 뒤로 가 그의 발목을 향해 검을 휘둘렀다.

촤악!

피가 튀어 오르며 양염평의 몸이 앞으로 고꾸라졌다. 힘줄이 끊기며 더 이상 무릎을 꿇지 못하게 되자 몸이 앞으로 쏠린 탓이었다.

그에 진도운은 볼 일 다 봤다는 검을 던졌고, 그 검은 쏜 살처럼 나아가 자신이 나왔던 검집에 다시 쏙 들어갔다.

"이 정도면 만족하냐?"

진도운은 단유휘를 보며 말했고 단유휘는 이 앞까지 다가와 말없이 쓰러져 있는 양염평을 보았다. 지금 그의 모습은 한없이 초라해보였다.

"그때도 지금처럼 살기가 발현되는 무공을 쓴 것 같았는데."

양염평은 지난 호남성에서의 일을 떠올리며 말했다. 그는 그동안 구야혈교의 교주를 만난 적이 없어서 귀살류를 전혀 알아보지 못했다.

"그때 그런 것처럼 지금도 묻지 마라."

"알겠습니다. 지금은 그보다 더 중요한 게 있으니……."

그리고 묻는다고 진도운이 대답해줄 것 같지도 않았다. 그렇다고 억지로 알아내는 것도 자신의 무위론 버거워 보였다.

"이대로 대나귀를 가둬 둘 생각입니까?"

"그래. 그리고 이제 대나귀는 양 장로가 아니라 너다."

"그렇군요."

진도운은 고개를 끄덕이며 손을 들었다. 그러자 주변에 있는 시나귀들이 우르르 몰려왔다.

"먼저 이 자를 지혈해주라."

그 말에 시나귀들이 달라붙어 피를 뚝뚝 흘리고 있는 양염평의 전신을 두들겼다. 그러자 피가 싹 멈추고 양염평의 안색도 어느 정도 돌아왔다.

"그 자를 들고 따라와라."

그 말에 시나귀들은 양염평을 들었다.

‡

강서성과 안휘성이 붙어있는 부근에 제운산(齊云山)이라는 큰 산이 있었다. 그리고 그 산 뒤쪽에 깊숙이 박혀 있는 동굴이 하나 있었는데, 그 동굴 입구 주변에는 산봉우리가 겹겹이 둘러싸여 있어서 그 앞을 지나가도 동굴 입구를 찾기 쉽지 않았다. 진도운은 미리 그 동굴로 사람을 시켜서 그 안에 벽곡단이 가득 들어있는 항아리를 갖다 놓았다.

진도운과 단유휘는 그 동굴 안으로 들어왔다. 그들을 따라 시나귀들도 들어오더니 양염평의 몸을 동굴 안에 내려놓고 밖으로 나갔다.

"앞으로 이곳에서 평생 속죄하시면서 사십시오."

단유휘가 힘없이 축 늘어져 있는 양염평을 보며 말했다.

"나를 여기에 가둬두겠다고? 그게 무슨 한심한 짓거리냐? 나를 죽여야지 왜 가둔단 말이냐? 그래가지고 어찌 대나귀가 되겠단 말이냐?"

"우리가 나가고 이 부근에 진법을 설치할 겁니다. 그래서 아무도 이곳으로 오지 못하도록 막을 겁니다. 그리고 물은 동굴 안쪽에 들어가면 못이 있으니 쉽게 구할 수 있을 겁니다."

단유휘는 제 말만 했다.

"너는 처음부터 끝까지 나를 실망시키는구나."

하지만 단유휘는 그 말을 못들은 척 몸을 돌려 진도운을 쳐다봤다.

"여기라면 괜찮을 것 같습니다."

"만금성 안에 경계가 삼엄한 지하 뇌옥도 있다."

"그럼 제가 가끔씩 찾아갈 수 없지 않습니까?"

진도운은 피식 웃으며 고개를 끄덕였다.

"알겠다."

뒤이어 진도운과 단유휘는 양염평만 동굴 안에 두고 밖
으로 나갔다.

　동굴 안에 홀로 갇혀있게 된 양염평은 쿨럭 기침을 하며
동굴 벽에 기대고 앉았다.

　'지금 백우결을 죽이지 않으면 백선문이 위험해진다. 그
런데 단유휘 그 녀석은 백우결에게 완전히 넘어가서 정신
을 못 차리고 있으니…….'

　양염평은 그 와중에도 백선문을 걱정하고 있었다.

　'그 녀석은 백우결이 펼치는 무공이 귀살류인 것도 모르
는 눈치였다. 만약 귀살류가 구야혈교의 무공이란 걸 알게
된다면 그 녀석도 마음을 바꾸겠지.'

　양염평은 단유휘가 못 마땅했지만 지금 상황에서 믿을
수 있는 건 단유휘밖에 없었다.

　'분명 다시 온다고 했으니, 그때까지 기다리면 된다.'

　양염평은 어찌 됐든 단유휘도 대나귀이니 백선문을 위협
하는 존재를 가만두지 않을 거라 생각했다. 그래서 양염평
은 그때만 기다리며 차분하게 버티려고 했다. 헌데, 그로부
터 반 시진이 지나자 누군가 동굴 안으로 들어왔다.

　'벌써 온 건가?'

　양염평은 기대에 찬 눈빛으로 고개를 들었다가 실소를
흘렸다. 동굴 안으로 들어온 자는 다름 아닌 진도운이었다.

　"네놈이 왜……."

그 말에 진도운은 피식 웃었다.

"제가 왜 돌아왔다고 생각하십니까?"

그의 미소를 본 양염평은 허탈하게 한숨을 내쉬었다.

"나를 죽이러 온 거로군."

"단유휘는 자신과 연관된 사람에게 유독 약한 모습을 보이더군요. 그래서 어쩔 수 없이 단유휘의 말을 따르는 척 양 장로님을 여기에 가둔 겁니다."

"지금쯤 단유휘는……."

"양 장로님이 사라진 걸 수습하겠다며 백선문으로 돌아갔습니다."

양염평은 쯧쯧 혀를 차며 고개를 저었다.

"너를 믿고 돌아간 게로군. 그 녀석도 설마 네가 이리 다시 돌아올 줄 몰랐겠지."

더군다나 단유휘가 가끔씩 찾아온다고도 했으니 양염평을 죽였다간 단유휘가 금세 알아차릴 터, 그래서 양염평은 진도운이 자신을 이대로 놔둘 줄 알았다.

'내 예상이 보기 좋게 빗나갔군.'

양염평은 동굴 벽에 머리를 기대며 쓴웃음을 지었다.

"지금은 아니더라도 언젠가 단유휘가 오게 되어 있다. 그때가 되면 내가 죽어 있단 걸 보게 될 테고……."

"이제 와서 살고 싶으신 겁니까?"

살고 싶은 게 아니었다. 양염평이 그러는 이유는 오직 하나였다.

'백우결이 구야혈교의 무공을 익혔다는 걸 알려야 한다.'

양염평은 대나귀가 되는 순간부터 백선문을 위해서라면 자신의 목숨 따위 몇 번이고 내놓으리라 다짐했다. 그래서 지금도 진도운이 눈앞에 있지만 죽음을 두려워하지 않았다. 지금 그에겐 죽음의 공포보다 진도운이 구야혈교와 연관되어 있다는 사실을 알리지 못한 게 더 안타까웠다.

'미리 알려야 했다.'

진도운과 한참 싸울 때는 자신이 진도운을 제압할 거라 생각해서 딱히 말할 생각도 하지 못했다. 그리고 진도운에게 제압당했을 때는 진도운이 옆에 있어서 단유휘에게 알리지 못했다. 그래서 여기 동굴에서 두 번째 기회를 노려볼 생각이었는데 진도운이 나타나면서 그 기회도 무참히 깨졌다.

"나를 죽이면 단유휘가 가만히 있지 않을 거다."

"양 장로님이 동굴 벽에 머리를 박고 자결을 한 걸로 꾸밀 겁니다. 제가 죽었다는 흔적은 어디서도 찾을 수 없을 겁니다. 그러니 너무 걱정 마시지요."

"……."

"제가 그런 현장을 꾸며봐서 아주 잘 해낼 자신이 있습니다."

그 말에 양염평은 어처구니없다는 듯 실소를 흘렸다.

"단단히 각오를 하고 온 게로군."

진도운은 고개를 끄덕이며 서서히 기운을 끌어올렸다.

"사실 저는 개인적으로 양 장로님이 진백고를 사용해 시나귀들을 다룬 건 잘한 일이라고 봅니다. 덕분에 제가 시나귀들을 편하게 부릴 수 있게 되었으니, 그건 고맙게 생각합니다."

"허허……."

"특히 시나귀들의 가족들에게까지 진백고를 먹여 족쇄를 채운 건 상당히 괜찮은 수였습니다. 그래서 저도 그 점을 본받을 생각입니다."

그 말에 양염평은 돌연 미친 사람처럼 웃기 시작했다.

"으흐흐……."

"왜 웃으십니까?"

"네가 대나귀의 재목이었구나. 네가 재목이었어! 단유휘가 아니라 네 놈을 대나귀로 삼았어야 했다."

"……."

진도운은 말없이 그를 빤히 내려다봤다.

"이 세상에 나와 같은 부류의 인간이 또 있을 줄이야. 그런데 이런 재목이 눈앞에 있는 것도 모르고 단유휘 같은 엉뚱한 놈을 대나귀로 삼았군."

실실 웃던 양염평이 돌연 웃음을 뚝 그쳤다.

"너도 백선문의 제자이고 대나귀의 진전을 이어받았으면 그에 대한 책임을 져야겠지. 그러니 최소한 백선문을 위험에 빠트리는 짓은 하지 마라."

"······."

"그리고 언젠가 한 번쯤은 백선문을 지켜주길 바라마. 딱 한 번이라도 좋으니 백선문이 위험해지는 날이 오면 외면하지 말거라."

그 의미심장한 말에 진도운의 눈썹이 꿈틀거렸다. 그리고 그 순간 양염평은 스스로 동굴 벽에 머리를 박았다. 순식간에 그의 머리가 피로 뒤범벅이 되었지만 그는 멈추지 않고 계속 머리를 박았다.

"······."

진도운은 그 광경을 말없이 지켜만 봤다. 막으려면 처음부터 막을 수 있었지만 굳이 그러지 않았다. 따로 현장을 꾸밀 필요 없이 알아서 죽어주니 진도운의 입장으로썬 고마울 뿐이었다. 비록 그의 마지막 말이 신경 쓰이긴 했지만 이제 백선문이 어찌 되든 자신과 상관없었다. 그래서 그는 그저 말없이 지켜만 봤다.

天江鬼도

20장.

제갈세가

20장.
제갈세가

　진도운은 단유휘가 지금 백선문에서 양염평이 갑자기 사라진 일을 뒷수습하느라 정신이 없을 테니 지금 당장 그 동굴로 돌아갈 일은 없을 거라 예상했다. 그래도 모르니 그 동굴 입구 앞에 사람을 세워놓고 혹시 단유휘가 오면 째깍 자신에게 알리라 말했다. 하지만 진도운이 만금성으로 돌아온 지 10일이 넘게 아무런 소식이 없었다.

　이른 아침, 진도운이 처소 밖으로 나왔다. 하얀 서광이 만금성의 건물에 부딪혀 금빛으로 물들더니 만금성 전체를 금빛으로 반들거리게 만들었다. 비록 한때 잠깐 생기는 현상이지만 그래도 볼 때마다 신기했다.

"성주님."

그때, 처소 앞으로 누군가 다가왔다. 진도운은 굳이 그를 쳐다보지 않고도 그가 제갈현이란 걸 알 수 있었다. 그는 자신이 처소 안에 있을 때부터 이 앞에서 기다리고 있었다.

"아침부터 무슨 일이지? 기관진식에 무슨 문제라도 생겼나?"

이 앞까지 다가온 제갈현은 머쓱하게 웃으며 고개를 저었다.

"기관진식은 잘 되고 있습니다. 그보다 다른 쪽에 문제가 생겼습니다."

"말해보아라."

딱히 문젯거리가 떠오르지 않아 진도운은 물으면서도 의아해했다.

"본 가에서 사람을 보낸다고 합니다."

"제갈세가에서 무슨 일로 온단 말이냐?"

"아무래도 제가 만금성에 있다 보니……."

그 말에 진도운이 피식 웃었다.

"너의 안위를 걱정해서 오는 건가?"

"사실, 그것보다는 저 때문에 제갈세가가 만금성과 결맹을 맺은 것처럼 보일까봐 걱정하는 것 같습니다."

"그래서 너를 데려 가겠다 이건가?"

제갈현은 절레절레 흔들었다.

"그게 아니라……. 제가 만금성에 머물겠다고 하니, 아

버님께서 직접 와서 제가 따르겠다고 한 성주님이 어떤 인물인지 보고 싶다는 군요."

그 말에 진도운은 뺨을 씰룩거렸다.

"내가 너를 협박했다는 사실을 알게 되면 자네 아버님이 나를 좋아할 것 같진 않군."

"성주님께서 그런 걸 신경 쓰실 분도 아니잖습니까?"

"그렇긴 한데……."

진도운은 어쩌면 이번 일이 좋은 기회가 될 수 있다고 생각했다. 제갈현 혼자보다는 이왕이면 제갈세가 전체를 만금성 휘하에 두는 게 훨씬 더 나았다. 게다가 제갈세가라면 만금성과 얽힌 것도 없으니 장로들의 반발도 없을 것이다.

거기까지 생각을 마친 진도운은 방긋 웃었다.

"언제든지 오라고 해라. 내 기꺼이 맞이해줄 테니."

"……."

제갈현은 진도운의 의미심장한 미소를 보며 한편으로는 불안함을 느끼기도 했다. 하지만 이제 자신이 할 수 있는 건 없기에 그저 겸허히 미소를 지을 뿐이었다.

"그럼 저는 이만……."

제갈현은 읍을 해보이며 그곳을 떠났고 그가 떠나자마자 진도운은 바로 옆에 있는 건물 앞으로 다가가 벽에 붙어있는 창문을 툭툭 쳤다. 하지만 창문은 굳게 닫혀서 꿈쩍도 하지 않았다.

"설마, 이 안에서 엿듣는 다고 내가 모를 거라 생각했나?"

그 말에 안에서 짜증이 섞인 한숨소리가 들림과 동시에 창문이 서서히 열렸다. 그리고 멋쩍게 웃고 있는 등소현의 얼굴이 나타났다.

"엿들으려고 했던 건 아니었어요. 그냥 아침부터 밖에서 말소리가 들리길래……."

그녀의 처소는 진도운의 처소 바로 옆에 붙어있어서 종종 그녀가 의도치 않게 다른 사람들의 말을 엿듣는 경우가 있었다. 대게 그럴 때면 그녀는 조용히 숨을 죽인 채 말소리를 엿들었다.

"그런데 왜 제갈세가의 사람이 만금성에 있는 거예요?"

제갈현은 주로 만금성 밖에서 기관진식을 설치하는 공사를 지휘하다 보니 만금성 안에만 박혀있는 그녀는 이제껏 제갈현을 만나지 못했다. 물론, 만금성 자체가 광활한 것도 한몫 했다. 그래서 이제야 보게 된 그가 궁금했다.

"어쩌다 보니 그렇게 됐다."

진도운은 신경 쓰지 말라는 듯 창문을 닫으며 말했다. 그러자 창문 안에서 불평하는 소리가 넘어왔다. 그에 진도운은 피식 웃으며 돌아섰다.

‡

흔히들 신기제갈이라 부르는 제갈세가의 사람들은 대게 총명한 머리를 타고 나서 복잡한 진법이나 기관진식에 재능을 보였다. 그렇다고 무공이 형편없진 않았으나 딱히 뛰어난 것도 아니었다. 하지만 진법이나 기관진식처럼 머리를 쓰는 일은 당금 무림에서 제갈세가만큼 뛰어난 곳도 없었다.

그래서 백도의 문파들은 종종 제갈세가의 머리를 빌리는 일이 많았다. 그들의 비상한 머리는 천기를 읽는다는 말이 있을 만큼 무림의 정세도 잘 파악했고 그에 대한 위험을 미리 감지해서 방편안도 마련해주곤 했다. 그렇다고 아무 문파나 제갈세가의 머리를 빌릴 수 있는 것은 아니었다. 무작정 대문파라고 받아주는 것도 아니고 무작정 군소방파로 외면하는 것도 아니었다. 그들은 자신들만의 기준을 세우고 그 기준에 부합하는 문파에게만 자신들의 총명한 머리를 빌려주었다.

만금성의 대문 앞으로 하얀 경장 위에 청록색 장포를 걸친 두 사람이 나타났다. 한 사람은 중년의 남성이었고 다른 한 사람은 젊은 사내였다. 두 명 모두 눈이 쭉 찢어지고 칼같이 날카롭게 박혀있는 이목구비가 판박이이어서 누가 봐도 부자(父子)처럼 보였다.

그 두 명 중 중년인이 바로 제갈세가의 가주이자 제갈현의 아버지인 제갈명이었고 그 옆에 서있는 젊은 사내는 제갈명의 아들이자 제갈현의 아우인 제갈문이었다.

헌데, 그들은 이 앞까지 빠른 걸음으로 왔다가 만금성 앞

39

에서 대규모로 벌어지는 공사를 보고 서로 동시에 걸음을 멈췄다.

"저건 본 가의 진법인 구곡관혼진과 본 가의 기관진식인 환우철사관이 아니냐?"

제갈명은 눈을 휘둥그렇게 뜨며 말했다.

구곡관혼진과 환우철사관 모두 제갈세가 안에서도 손꼽히는 진법과 기관진식으로 하늘과 땅까지 가두어 죽인다는 소리가 있을 만큼 위력적인 것들이었다. 그래서 제갈세가는 외인(外人)들 앞에서는 그런 게 있다는 것조차 감추며 나름 비기로 간직하고 있었건만…….

지금 그 두 가지가 만금성의 앞마당에 버젓이 설치되고 있었다. 아니, 심지어 구곡관혼진은 이미 설치를 끝내서 진법이 돌아가고 있었다.

"구, 구곡관혼진과 환우철사관이 맞습니다."

제갈문도 놀라서 말까지 더듬었다.

"이게 어찌 된 일이냐?"

제갈명이 근엄한 목소리로 물었다.

"저도 모르겠습니다."

"허어…….""

제갈명은 나직이 한숨을 내쉬며 공사 현장 한 가운데에 서있는 제갈현을 바라봤다. 그는 땀까지 뻘뻘 흘려가며 공사 현장을 지휘하고 있었다. 그에 제갈명은 걸음을 움직여 그의 앞으로 다가갔다. 그러자 제갈현이 그가 다가오는 걸

발견하고 자신의 주변에 있는 만금성의 인부들을 모두 물렸다.

"오셨습니까?"

제갈현은 정중히 읍을 해보이며 말했다.

"만금성에 있다 길래 만금성의 군사로 머무는지 알았건만……."

제갈명은 공사 현장을 둘러보며 말을 이었다.

"이러려고 만금성에 머무는 것이었냐?"

"어쩌면 조만간 만금성의 군사가 될 지도 모르겠습니다."

제갈현은 황보세가에서 진도운과 무림의 정세에 대해 나누었던 이야기를 떠올리며 말했다.

"어쩌자고 구곡관혼진과 환우철사관을 짓는 게냐?"

"저 두 가지가 아니면 성주님을 만족시킬 수 없을 것 같았습니다."

"만족? 너는 제갈세가의 사람이다. 제갈세가의 사람이 어찌 만금성의 사람을 만족시킨다는 말을 하는 게냐?"

제갈명은 어이가 없다는 듯 언성을 높였다. 하지만 제갈현은 덤덤히 미소를 지었다.

"아버지. 저는 이제 만금성의 사람으로 살아가야 합니다."

"그게 무슨 소리냐?"

"저는 여기 있기를 원합니다."

제갈명은 순간 자신이 잘못 들은 줄 알고 귀를 의심했다.

"네가 어째서 만금성에 있길 원했단 말이냐?"

"이곳의 성주님 때문입니다."

그 말에 제갈명의 표정이 무겁게 가라앉았다. 그동안 제갈현이 누군가를 이토록 진중하게 언급한 적이 없었기 때문이었다.

"네가 보기엔 만금성의 성주는 어떤 인물이더냐?"

"아주 잔혹하고 무자비한 사람입니다. 목적을 위해서라면 무엇이든지 할 사람이지요."

제갈명은 눈을 부릅떴다.

"뭣이?"

"성주님에겐 도덕성 같은 건 찾아보기 힘듭니다. 세상을 본인의 중심으로 보셔서 도덕성 같은 건……."

"헌데, 그런 사람 밑에 있길 원했단 말이냐?"

"제가 그동안 봐왔던 그 어떤 사람도 성주님에 미치진 못했습니다. 그래서 제가 이곳에 있는 겁니다."

제갈현은 당당하게 말했고 제갈명은 말없이 그 말을 듣기만 했다.

"그동안 만금성은 폐쇄적으로 굴며 철저히 외인들을 배척했습니다. 그런데 작금의 성주님께선 저처럼 능력만 있다면 만금성의 사람이 아니더라도 만금성 안에 받아들여주었습니다."

"……."

"저는 여기 온 첫날부터 막중한 권한을 받았습니다. 외인에게 그러기란 쉽지 않은 일이죠. 굳이 만금성이 아니더라도 말입니다."

제갈명은 표정을 굳히며 침음을 삼켰다.

"그건 의외이긴 하구나. 하지만 그것 때문에 만금성에 머물겠다고 하는 건 납득하지 못하겠구나."

"예전에 아버님께서 이런 말씀을 하신 적이 있습니다. 지금까지 무림 역사상 어느 누구도 무림을 통일한 사람은 없었다고……. 아무리 위대한 사람이라도 저 거대한 무림을 손에 넣을 순 없다고도 말씀하셨죠."

"그랬지."

"저는 성주님을 보자마자 아버님의 그 말씀이 떠올랐습니다. 그래서 성주님도 그동안 무림을 스쳐지나간 수많은 절대자 중의 한 명에 불과할 거라고 생각했습니다. 하지만 만금성에서 지내면서 아버님의 말씀이 깨질 수도 있다는 걸 깨달았습니다."

제갈명의 눈빛이 파르르 떨렸다.

"지금 네 말은 어쩌면 만금성의 성주가 무림을 일통할 수도 있단 말이냐?"

"어쩌면이 아닙니다. 그러리라 확신합니다."

"……."

제갈명은 말없이 그를 노려봤다.

"사실 저는 강압적으로 만금성에 남게 됐습니다. 하지만 지금은 아닙니다. 지금은 제가 만금성에 남기로 결정을 했습니다. 그러니 아버지도 제 결정을 존중해주었으면 좋겠습니다."

"나는 언제나 너의 결정을 존중한다. 하지만 그건 내가 너를 존중하고 말고의 문제가 아니다. 다른 사람들은 너의 거취를 아주 위험하게 볼 것이다. 특히 요즘처럼 정세가 민감한 때에 제갈세가의 사람이, 그것도 가주의 아들이 만금성에 있다는 사실이 알려진다면……."

그때는 온 무림이 만금성과 제갈세가가 결맹을 맺었다고 생각할 것이다. 그리고 만금성을 노리는 자들은 자연스럽게 제갈세가도 노릴 것이다.

"이 기회에 만금성과 손을 잡는 것도 한 번 생각해 보십시오."

"잊었느냐? 본 가는 수백 년 동안 어느 한쪽에도 붙은 적이 없다."

"세상이 변하듯 본 가도 변해야 합니다."

"때로는 변하지 않는 것도 있는 법이니라. 그리고 그게 옳을 때도 있다. 지난 수백 년 동안 본 가가 어떻게 무탈하게 지내왔는지 잊지 마라."

단호한 제갈명의 말투를 보며 제갈현은 어쩔 수 없다는 듯 한숨을 내쉬었다.

"안으로 들어가 보십시오. 성주님께서 기다리고 계십니다."

"안에 따로 기별이라도 넣어야 하지 않겠나?"

"성주님은 만금성에서 일어나는 모든 일을 알고 있습니다. 지금쯤이면 아버지께서 도착했다는 소식을 들으셨을 겁니다."

그때, 끼이익 거리는 소리와 함께 거대한 성문이 활짝 열리며 공길건이 나타났다.

"만금성의 장로, 공길건이라 합니다."

공길건이 포권을 취하며 말하자 제갈명 또한 마주 포권을 취했다.

"제갈세가의 가주, 제갈명이오."

"제갈 가주님의 명성은 익히 들어왔습니다. 이리 만나뵙게 돼서 영광입니다."

"저야말로 만금성의 장로님을 뵙게 돼서 감개무량하오."

그에 공길건은 덤덤히 미소를 지으며 몸을 옆으로 살짝 빼서 길을 터주었다.

"안으로 드시지요. 성주님께서 기다리고 계십니다."

그에 제갈명과 제갈문이 만금성 안으로 걸음을 움직였다. 그 순간, 그의 등 뒤에서 제갈현의 목소리가 튀어나왔다.

"언젠가 제갈세가도 선택을 해야 할 겁니다. 그리고 그때가 되면 지금처럼 가만히 있는 건 선택이라 볼 수 없을 겁니다."

하지만 제갈명은 그 말을 못 들은 척 뒤도 돌아보지 않고 만금성 안으로 들어갔다.

보통 외인이 만금성 안으로 들어오면 만금성의 화려한 건물에 압도되어 넋을 잃고 둘러보기 마련이다. 제갈현의 아우인 제갈문 역시 다를 바 없었다. 그는 티 나게 두리번 거리진 않았지만 연신 눈을 좌우를 굴리며 감탄하고 있었다. 하지만 제갈명은 그러지 않았다. 그는 오직 앞만 보고 걸으며 만금성의 건물들에 눈길 한 번 주지 않았다.

그렇게 그는 공길건을 따라 만금성 한쪽에 마련된 정원 안으로 들어갔다. 헌데, 제갈명이 들어가고 제갈문이 들어 가려하자 제갈문의 앞을 흑객들이 막았다. 공길건 역시 정원 입구에서 멈췄다.

"소협께선 여기 계시지요. 성주님께선 제갈 가주님과 독대를 원하십니다."

그에 당황한 제갈문이 머뭇거리자 제갈명이 괜찮다며 혼자 정원 안으로 들어갔다.

화사하게 꾸며진 정원의 한 가운데에 사방이 뻥 뚫린 누각이 있었고 그 누각 안에 진도운이 우두커니 서있었다. 헌데, 여기까지 덤덤하게 걸어왔던 제갈명이 처음으로 흠칫 놀라는 표정을 지었다.

'저 자가 만금성의 성주인가?'

생각보다 젊은 사람이었다. 제갈명은 그를 보자마자 한

때 무림에 나돌았던 만금성의 후계자에 대한 소문을 떠올렸다.

'그때 그 자가 지금은 성주가 된 것인가?'

헌데, 그가 풍기는 분위기가 듣던 것과 달리 점잖았다.

"제갈세가의 가주, 제갈명이라 하오."

제갈명은 누각 앞에 서며 정중히 포권을 취했다.

"만금성의 성주, 백우결이오."

"이리 성주님을 뵙게 돼서 영광이외다."

제갈명은 누각 안으로 들어오며 말했다. 누각 안에는 마치 자신이 올 줄 알았다는 다과상이 차려져 있었다. 진도운과 제갈명은 다과상을 사이에 두고 앉았고 진도운은 앉자마자 찻잔을 채웠다.

차향이 그윽하게 퍼지며 코를 자극했다. 그 차향에 이끌려 제갈명은 자신도 모르게 찻잔을 들고 한 입 들이켰다. 향과 다르게 입 안에서 알싸한 맛이 나돌았다. 그래도 차맛은 좋았다.

"차 맛이 좋소이다."

"마음에 드신다니 다행이오."

제갈명은 차를 다시 한 모금 마시며 기분 좋은 미소를 지었다.

"우리 현이도 만금성에 머물며 이런 차를 많이 마셨겠구려."

그가 은근슬쩍 본론을 꺼냈다.

"제갈 가주님께서도 만금성에 머문다면 얼마든지 드실 수 있소이다."

"허허, 차를 이용해 나를 꾀어내는 것이오? 혹시 내 아들 녀석도 차를 이용해 꾀어낸 것이오?"

제갈명은 슬쩍 찻잔을 내려놓으며 말했다.

"그게 궁금하오?"

"그렇소."

제갈명은 이미 만금성의 정문 앞에서 제갈현을 통해 그 이유를 들었지만 모른 척 물었다.

"황보세가에서 제갈현과 잠깐 얘기를 나누고 그가 마음에 들어 만금성으로 데려왔소이다."

"잠깐 얘기를 나눈 걸로 만금성으로 데려온 것도 모자라 저런 막중한 일까지 맡겼단 말이오?"

"인재라는 걸 알게 됐는데 뭐하려고 질질 끌겠소?"

"성주님이야 인재를 가져온 경우겠지만, 현이의 입장에서는 억지로 끌려온 걸 수도 있지 않소? 허면, 현이에게 충성심보다는 반발심이 생길 수도 있겠소이다."

진도운은 굳이 그 말을 부정하지 않았다.

"제갈 가주의 말이 맞소. 하지만 충성심이 없다고 제갈현이 반발심을 보일 것 같진 않소이다."

"왜 그리 생각하시오?"

"내가 황보세가에서 제갈현에게 이런 말을 했소. 네가 만금성으로 오지 않는다면 이 길로 제갈세가로 가서 제갈

세가를 없애버릴 거라고……. 내가 황보세가의 사람들을 모두 죽인 것처럼 제갈세가를 똑같이 만들 거라고 협박했소이다."

"……."

제갈명은 일순간 입을 닫았다. 그와 동시에 둘 사이에 무거운 기류가 흘렀다.

사실 제갈명은 만금성이 황보세가를 멸문시켰다는 걸 이미 알고 있었다. 분명 제갈현이 제갈세가를 대표해서 황보세가로 갔는데, 갑자기 황보세가가 멸문하고 제갈현은 만금성에 간다고 하니, 그건 충분히 유추할 수 있는 일이었다.

"허면, 남궁세가도 성주께서 그런 것이오?"

"아직 그 소식을 못 들었나 보오? 황보세가가 남궁세가를 공격하고 나서 본 성에게 뒤집어씌우려고 했다는 벽보가 나붙었소이다. 그것도 황보세가의 직인이 찍힌 채로 말이외다."

그 말에 제갈명은 실소를 흘렸다.

"황보세가가 멸문당하기 직전에 한 일이 하필이면 자신의 죄를 고하는 일이었단 말이오?"

"그렇소이다. 제갈세가의 사람이 남궁세가에 머물고 있다가 남궁세가의 사람들과 함께 죽었다고 들었는데……. 오히려 제가 복수를 해준 셈이 되었구려."

진도운이 얼굴 표정 하나 바뀌지 않고 당당히 말하자 제갈현은 어깨를 들썩이며 웃었다.

"재밌는 건 지금 성주님께서 하신 말씀이 전부 사실이 아니라는 걸 증명할 방법이 없다는 것이오. 신기하게 그 진위여부를 가릴 수 있는 사람은 아무도 없소. 그걸 확인해줄 수 있는 사람들은 모두 죽어버렸으니 말이오."

"아직 제갈현이 남아있지 않소? 제갈현에게 한 번 물어 보시오."

"본 가를 없애버린다는 협박을 해놓고 현이에게 물으라 는 것이오?"

제갈명은 어이가 없다는 듯 말했다.

"하긴, 그것도 그렇구려. 그럼 이제 내 말이 사실인지를 따져보기 위해서는 다른 방법을 모색하는 수밖에 없는 것 같은데…… . 딱히 다른 방법이 있어 보이진 않구려."

진도운은 지그시 웃으며 말을 이었다.

"제갈현은 만금성 안에서 잘 지내고 있소. 지금 하는 걸 로 봐선 내가 보내준다고 하더라도 가지 않을 것 같소."

"그런 것 같소이다. 현이는 이미 만금성에 마음을 둔 것 같소."

"그러는 제갈 가주님께선 어떻소?"

그에 제갈명은 멋쩍게 웃었다.

"이제 막 만난 사이에 그런 걸 물으시는 것이오?"

"마음이 맞으면 굳이 끌 필요가 있소?"

제갈명은 다시 찻잔을 들었다. 하지만 이미 차는 다 식어 서 향도 확 죽어있었다. 그래도 그는 남은 차를 한 모금씩 음

미했다. 그리고 찻잔을 비울 때까지 한 마디도 하지 않았다. ,

"만금성 앞에서 현이와 잠깐 얘기를 나누는 도중에 이런 말이 나왔소. 현이가 어쩌면 성주께서 무림을 일통할 수도 있겠다고……."

"……."

"아니지. 어쩌면이 아니었소. 확신하고 있더이다. 아마 현이가 그리 생각하는 이유는 성주께서 그런 말을 꺼낸 적이 있기 때문이 아니겠소?"

"나는 그런 말을 한 적이 없소이다."

제갈명은 빈 찻잔을 내려놓으며 진도운을 마주봤다.

"무림은 한 사람이 손에 쥘 수 없을 만큼 거대하오. 그리고 곳곳에 무림을 움직이는 거인들도 많이 있소이다. 그래서 나는 한 문파가, 아니 한 사람이 무림을 일통할 수 없을 거라고 생각했소."

"……."

"하지만 만약 누군가 무림을 일통하게 된다면 그건 반드시 두 부류 중의 한 사람일 거라고 생각했소. 한 부류는 이 세상을 마음에 품을 만큼 위대한 사람이고 다른 한 부류는 굳이 세상을 품으려 하지 않고 피로써 세상을 지배하는……."

제갈명은 말끝을 흐렸다.

"전자는 위대한 사람인데 후자는 위대하지 않다는 것이오?"

"힘으로 내리 누르는 건 힘만 있으면 누구나 할 수 있소. 하지만 세상을 품는 건 힘만으로는 할 수 없는 일이오. 그러니 전자는 위대하고 후자는 위대하지 않는 것이오."

"그렇소?"

진도운은 덤덤히 웃으며 말했다.

"전자에 걸맞은 사람들은 무림에서 찾아보기 힘들더이다. 사실 그런 사람을 일평생 찾아왔는데 아직까지 한 명도 만나지 못했소."

"그럼 후자는 만난 적이 있소?"

"만난 적은 없지만 그런 인물을 한 명 알고 있소."

"그게 누구요?"

"구야혈교의 교주, 혁련굉이오."

"......."

순간, 진도운은 멈칫했다.

"만난 적은 없지만 이미 들리는 소문만으로도 피로써 세상을 지배할 자란 걸 충분히 짐작할 수 있소."

"달리 말하면 혁련굉 역시 세상의 주인이 될 자격이 있는 사람이란 뜻이오?"

"지금은 그가 세상의 주인이 될 확률이 가장 높다고 보고 있소."

"그렇구려."

진도운은 고개를 끄덕였고 제갈명은 진도운을 똑바로 바라봤다.

"허면, 성주께서는 어떤 사람이오?"

"나는 위대한 사람이 아니오. 그리고 또 위대해질 생각도 없소. 그게 내 대답이오."

"그 정도면 충분한 대답 같소."

그 말에 진도운은 미소를 지으며 이번에는 자신이 제갈명의 눈을 들여다봤다.

"어떻소? 내가 제갈 가주의 기준에 적합한 사람 같소?"

제갈세가는 자신들의 기준에 적합한 사람에게만 힘을 실어주었고 그가 원하는 사람은 세상을 품을 줄 아는 위대한 사람이었다. 하지만 진도운은 그런 사람이 아니었다.

"이미 성주께서는 현이를 가지지 않으셨소? 현이는 명석한 아이요. 그 녀석을 얻었다면 굳이 본 가를 가질 필요 없소이다."

"나도 제갈 가주의 뜻을 알 만큼 대답을 충분히 들은 것 같소."

그 둘의 대화는 거기서 끝났다. 그리고 둘 사이에 흐르던 무거운 기류도 씻은 듯이 사라졌다.

진도운과 대화를 마친 제갈명은 만금성에서 며칠 머물렀다가 가라는 제의를 만류하며 만금성 밖으로 나왔다. 그리곤 아직도 한참 공사 현장에 있는 제갈현을 말없이 바라봤다. 그건 협박당해서 억지로 남아있는 사람의 얼굴이 아니었다.

'정말 만금성에 마음을 둔 게로구나.'

그때, 제갈현이 제갈명을 발견하고 다가왔다.

"나오셨습니까?"

"그래. 네가 말한 대로 성주는 무자비하고 잔혹한 사람 같더구나."

그에 제갈현은 머쓱하게 웃었다.

"성주님께서 아버님의 기준에 적합한 사람이 아니란 건 알고 있습니다. 하지만 그분에겐 힘이 있습니다."

"세상을 품는데 힘보다 더 중요한 게 있는 법이니라."

"힘으로 돌아가는 세상에서 힘을 무시할 순 없는 법입니다. 그리고 성주님에겐 힘만 있는 것은 아닙니다."

제갈현의 눈빛은 단단했다. 아마 자신이 모르는 무언가를 성주에게서 본 것 같았다.

"그래. 그런 것 같더구나. 성주에겐 힘만 있는 게 아니었어. 어쩌면 그래서 더 무서운 걸 수도 있다."

"그게 무슨 소리십니까?"

"성주의 신념은 확고하다. 그러니 성주는 필시 그 신념대로 힘을 부릴 터……. 그럼 세상은 반드시 피로 물들 게 될 것이다. 그건 황보세가만 봐도 알 수 있지 않느냐?"

"……."

"성주가 지나온 길에 남아있는 건 오직 피뿐이었다. 철마방도, 남궁세가도 그랬다. 그런데도 여기에 남아있겠다는 것이냐?"

제갈현의 눈빛은 흔들리지 않았다.

"제가 말하지 않았습니까? 성주는 목적을 위해서라면 수단 방법을 가리지 않을 만큼 무자비 하다고. 그리고 저는 이미 황보세가에서 성주님의 신념을 보았습니다."

"너는 이미 알고 있었구나. 알고서도 만금성에 남겠다고 한 거구로나."

제갈명은 씁쓸히 웃으며 말했다. 하긴, 황보세가에 있었으니 그곳에서 무슨 일이 벌어진지 알고 있었을 터, 제갈명은 본인이 괜한 질문을 했다고 생각했다.

"죄송합니다. 아버지."

제갈현은 송구스럽다는 듯 고개를 숙이며 말했다. 지금 자신이 택한 건 그간 제갈명이 추구해온 것과는 전혀 반대되는 것이었다.

"네가 죄송할 게 뭐가 있느냐? 네 갈 길을 네가 선택했을 뿐인데."

"……."

제갈명은 차마 입을 열지 못하는 제갈현의 어깨를 다독이다가 이내 몸을 돌렸다.

"가자구나. 문아."

그에 뒤에서 서성이던 제갈문도 제갈명을 따라 밖으로 나갔다.

제갈현은 한동안 그곳에 서서 점점 멀어져 가는 제갈명의 뒷모습을 보고 있었다.

그와 같은 시각, 방금 전까지 제갈명이 있던 누각으로 공길건이 들어왔다.

　"제갈 가주를 직접 만나보니까 어떻습니까?"

　"나를 별로 마음에 들어 하지 않더이다."

　"그렇군요."

　공길건은 별로 놀라지 않는 눈치였다. 그가 보기에도 제갈명과 진도운은 서로 다른 부류의 사람이었기 때문이다.

　"하지만 난 제갈세가가 필요하오."

　그들이 자신을 어떻게 생각하든, 그건 중요한 게 아니었다. 중요한 건 자신이 제갈세가가 필요하다는 것이다. 날이 갈수록 만금성은 커져 갈 터, 그때가 되면 힘보다는 비상한 머리가 필요하다. 그리고 그건 제갈세가의 사람들에게 적합한 일이었다.

　"하지만 제갈세가는 자신들이 내세우는 기준에 적합하지 않으면 도와주지 않습니다."

　"굳이 내가 그 기준을 따를 필요가 있소?"

　"허면……."

　"이제 제갈세가도 새로운 기준을 정해야 할 때가 온 것 같소."

　"그럼 어쩌실 생각입니까?"

　"생각 중이오."

　잠시 말없이 서있던 진도운이 하얀 이를 드러내며 웃었다.

"지금 팽가의 동태가 어떤지 알아보시오."

진도운은 일전에 황보세가와 진주언가, 그리고 팽가가 결맹을 맺고 제갈세가까지 끌어들이려고 했던 걸 떠올리며 말했다.

"알겠습니다."

공길건은 공손히 읍을 해보이며 그 누각을 빠져나갔다.

‡

하북성에는 팽가와 언가가 그리고 산동성에는 제갈세가와 황보세가가 주름잡고 있었다. 그런데 황보세가와 언가가 멸문 당하면서 두 성에 큰 공백이 생겼다. 더군다나 제갈세가는 예로부터 홀로 조용히 지내서 딱히 공백이 생겨도 움직이지 않았다. 하지만 팽가는 달랐다. 그들은 두 성에 생긴 공백을 가만히 보고 있지만 않았다.

팽가는 먼저 언가의 빈자리를 메꾸며 자연스럽게 하북성을 장악했다. 그리고 산동성에 분타를 설치하며 황보세가의 빈자리를 채워갔다. 팽가는 신속하게 움직였고 금세 산동성에서도 자리를 잡았다.

집무실 안에서 공길건에게 팽가의 동태를 들은 진도운은 고개를 끄덕였다.

"팽가가 단단히 각오를 한 것 같소. 하지만 한 문파가 두 성을 다스릴 순 없는 법, 분명 한계가 있을 것이오."

"팽가는 만금성과 달리 하북성과 산동성의 군소방파들을 뿌리 뽑지 않았습니다."

만금성은 철마방과 남궁세가를 멸문시키면서 그와 관련된 문파들과 무관들까지 모두 쫓아냈다. 그래서 안휘성을 지키는 데 제금사휘단의 무인들을 모두 쓸 수밖에 없었고 그 마저도 인력부족에 시달리고 있었다. 하지만 팽가는 아니었다. 그들은 자신들의 한계를 알고 언가나 황보세가 밑에 있던 군소방파들을 자신들의 휘하에 두었다.

"아무래도 팽가가 이번에 제법 머리를 쓰는 것 같습니다."

예로부터 팽가는 두뇌보다 근골이 훌륭한 집안으로 유명했다. 그들은 대게 신력을 타고나며 호승심이 넘치는 투사 집안이라는 소리를 들었지 제갈세가처럼 두뇌가 총명하다는 소리는 듣지 못했다. 하지만 이번에는 제법 정세를 살피며 움직이고 있었다. 그건 팽가가 제대로 작정했다는 뜻이었다.

"군소방파를 모아 발판을 삼고 도약할 기회를 삼나 보구려. 그들 역시 지금과 같은 백도의 혼란스런 정세를 타고 일어난 영웅이 되고 싶은가 보오."

"헌데, 들리는 소문에 의하면 팽가는 하북성과 산동성 이외에 눈길을 주지 않고 있다고 합니다."

팽가는 철저하게 저 두 성 안에서만 움직였다.

"그건 의외구려."

"사실 그 정도만 해도 백도 무림에 끼치는 영향력은 전보다 몇 배는 늘어나는 셈입니다."

"하북성과 산동성에 있는 흑도의 방파들은 가만히 보고만 있단 말이오?"

"팽가 아래로 군소방파들이 집결해서 함부로 건들지 못하고 있다고 합니다."

"지들도 뭉치면 될 일을……."

진도운은 혀를 차며 말했다.

"헌데, 팽가는 어쩌시려는지……."

그때였다.

[성주님.]

진도운의 귀로 진중한 음성이 깃들었다. 그것은 집무실 밖을 지키는 흑객들 중 한 명이 전음을 보낸 것이다. 그에 진도운은 손을 들어 공길건의 말을 막으며 전음에 귀를 기울였다.

[안휘성으로 팽가의 사람들이 들어왔습니다. 그들은 지금 만금성으로 오고 있다고 합니다.]

[몇 명이나 오고 있더냐?]

[서른 명 남짓으로 보이지만 무인은 겨우 10명뿐입니다. 나머지 20명은 모두 인부들이라고 합니다.]

진도운이 눈가를 날카롭게 좁혔다.

[인부들이라고?]

[그뿐 아니라 두 대의 짐마차까지 끌고 오고 있습니다.

그것도 팽가의 가주가 직접 앞서서 이끌고 있습니다.]

진도운은 묘한 미소를 지었다.

'무슨 속셈이지?'

[더 이상한 점은 안휘성으로 들어오자마자 본 성의 분타로 가서 성주님을 뵈러 가는 길이라고 전해달라고 했습니다. 성주님께 바칠 게 있다면서…….]

그 전음에 진도운은 대충 상황 파악이 되었다.

"팽가가 오고 있다는구려."

공길건의 안색이 흠칫 굳었다.

"그럼 지금 바로 제금사휘단에 알려서…….."

"나에게 뭐 바칠 게 있다고 하는 것 봐서는 싸우러 오는 것 같진 않소. 게다가 팽가의 가주가 직접 오는데 팽가의 무인들을 10명만 대동한 것도 그렇고."

"허면, 무슨 일로…….."

"그거야 팽가의 무인들이 도착하면 알지 않겠소?"

진도운은 의미심장한 미소를 지으며 말했다.

팽가의 무인들은 생각보다 빨리 도착했다. 그리고 듣던 대로 짐마차에 값이 나가는 온갖 재물들을 다 싣고 왔다. 그들은 처음 의기양양한 표정으로 들어섰다가 만금성의 건물들을 보며 나직이 한숨을 쉬었다. 자신들이 준비해온 재물은 만금성의 건물들에 비하면 한없이 초라했기 때문이다.

만금성 안으로 들어온 팽가의 무인들은 사방에서 빛나는 금빛 물결이 주눅이 들어 표정이 좋지 못했다. 그건 평소의 팽가 무인들에게서 보기 힘든 표정이었다. 그런 그들의 앞으로 공길건이 나타났다. 그는 일전에 그랬던 것처럼 다른 사람들은 두고 팽가의 가주만 진도운의 집무실로 보냈다.

"팽가의 가주, 팽무승이오."

팽무승은 정중히 포권을 취하며 말했다. 하지만 진도운은 의자에 앉아서 말없이 그를 빤히 쳐다봤다.

다부진 체격에 힘 있게 뻗친 눈썹까지, 인상 자체가 강인해 보이는 중년인이었다. 또한 허리에 커다란 도까지 차고 있어서 그에게선 남자의 향기가 물씬 풍기고 있었다.

"만금성의 성주, 백우결이오."

진도운은 뒤늦게 일어서며 말했다. 그리곤 다시 앉으며 맞은편에 있는 의자를 가리켰다.

"앉으시오."

팽무승은 탁자 위에 차 한 잔 없는 걸 보고도 표정 하나 변하지 않고 의자에 앉았다.

"팽가에서 어쩐 일로 온 것이오?"

"아마 성주께선 요새 본 가가 어떻게 움직이는지 이미 들었을 거라 보오."

"군성방파를 휘하에 두며 하북성을 차지하고 산동성에 손길을 뻗치고 있다고 들었소."

"내가 원하는 건 딱 산동성까지요."

그 말에 많은 의미가 내포되어 있었다.

진도운은 짐짓 미소를 지었다.

"안휘성은 건들지 않겠다는 소리요?"

"황보세가와 언가도 없는 마당에 내 어찌 만금성을 건들 겠소?"

"그 말은 꼭 황보세가와 언가가 있었으면 만금성을 쳤을 것처럼 들리오."

팽무승은 점잖게 미소를 지었다.

"본 가와 만금성의 첫 만남이 좋지 않았소. 내 그 점은 인정하고 사과드리리다. 하지만 본래 무림의 곳이 서로 칼을 겨누다가도 뜻만 맞으면 하루아침에 한 편이 될 수 있는 곳이 아니오?"

"무슨 말이 하고 싶은 거요?"

"본 가는 앞으로 만금성과 잘 지내보고 싶소이다."

진도운의 얼굴에선 아무런 반응도 없었다. 그는 무표정 한 얼굴로 말없이 듣기만 했다.

"굳이 결맹까지 바라지도 않소. 그저 서로가 서로에게 도움을 주고 사는 걸로 만족할 뿐이오."

"팽가가 본 성에 어떤 도움을 줄 수 있단 말이오?"

"사실 무림에서 만금성을 노리는 곳이 많지 않소? 지금 도 직접적으로 이빨을 드러내지 않을 뿐이지 아마 기회만 생기면 만금성의 재물과 명성을 노리고 늑대처럼 덤벼들 것이오."

"그걸 팽가가 막아주겠단 말이오?"

"도와주겠단 소리요. 성주님도 아시다시피 본 가의 밑으로 하북성의 문파들이 집결하고 있소. 그리고 이제 곧 산동성도 넘어올 것이오. 그런 본 가가 만금성을 도와준다면 아무도 만금성을 쉽사리 건들지 못할 것이오."

그 말에 진도운이 피식 웃었다.

"팽가에서 그렇게까지 나오는 이유가 무엇이오? 팽가도 만금성에 원하는 게 있을 것 아니오?"

"본 가를 그냥 놔두시면 되오."

팽가가 원하는 건 간단했지만 그건 많은 걸 뜻했다.

"누가 들으면 만금성이 팽가를 노리고 있는 줄 알겠소."

그 말에 팽가가 쓰게 웃었다.

"나는 황보세가가 멸문당한 걸 보며 한 가지 결심을 했소."

"어떤 생각이오?"

"만금성이 마음을 먹으면 어떤 식으로든 공격을 해오겠구나 라는 생각을 했소."

팽무승은 진도운이 스스로 황보세가로 들어가 황보세가를 멸문시키는 걸 보고 팽가가 가만히 있어도 공격받을 수 있다고 생각했다. 그래서 지금 팽가를 놔두라고 말한 것이었다.

"만금성은 황보세가를 멸문시켜놓고도 산동성에 넘어오지 않았소. 그걸 보고 난 만금성이 산동성에 관심이 없다고 생각했소. 그래서 어쩌면 만금성과 본 가 사이에 아직 협의할 게 남아있다고 생각했소."

가만히 얘기를 듣던 진도운이 씩 웃었다.

"팽가를 건들지 않으면 팽가는 만금성의 편에 서겠다, 이 말이오?"

"그렇소. 그리고 하북성과 산동성에서 들어오는 상납금 중 일부를 만금성에 드리겠소. 이건 본 가의 성의로 봐주시면 되오."

그는 드린다는 표현을 썼지만 실제로는 바치는 것이었다. 그것은 즉 팽가가 자진해서 만금성 휘하에 있겠다는 뜻이었다.

'그 콧대 높던 팽가가 이리 자존심을 뭉개고 들어오다니.'

만약 이 사실이 무림에 알려진다면 팽가는 만금성의 개가 됐다며 조롱을 받을 것이다. 하지만 만금성의 저력을 아는 사람은 달리 생각할 것이다.

'이렇게까지 해서라도 팽가를 지키겠다는 건가?'

그 이상이었다. 만금성이 건들지 않으면 하북성과 산동성에서 팽가를 건드릴 수 있는 곳은 없을 터, 시간이 흐르면 팽가는 더욱 거대해질 것이다.

그 말은 즉······.

"시간을 벌겠다는 것이오?"

"그저 가문을 지키고 싶을 뿐이오."

팽무승도 잘 알고 있었다. 철마방과 황보세가를 무너트

린 만금성이라면 팽가도 멸문시킬 힘이 있다는 걸. 가문의
존망이 걸린 일에 팽가는 고개를 숙일 수밖에 없었다.

"나쁘지 않구려."

그 말에 팽무승의 얼굴에 화색이 돌았다.

"그럼 나의 제의를 받아들이는 것이오?"

진도운은 잠시 멈칫했다가 이내 고개를 끄덕였다.

"받아들이겠소. 하지만 그 전에 팽가가 나를 위해 한 가
지 일을 해줘야겠소."

환하게 웃던 팽무승이 잠시 멈칫했다.

"무슨 일을……."

"제갈세가를 치시오."

"……!"

팽무승은 눈을 부릅뜨며 머뭇거렸다. 제갈세가는 그동안
틈틈이 다른 문파들을 도와왔기 때문에 여러 문파와 호의
적인 관계를 형성하고 있었다. 그러니 제갈세가를 건드리
면 팽가로썬 꽤나 골치 아픈 일을 겪을 것이다.

"제갈세가는 왜……."

"왜겠소?"

지금 여기서 그런 걸 묻는 것 자체가 무의미했다.

"제갈세가의 멸문을 원하시오?"

"그렇소."

진도운은 단호하게 말했다. 그러자 팽무승이 이리저리
눈알을 굴렸다.

"팽가에서 보내는 상납금으론 본 성의 호의를 받을 수 없을 것이오."

이미 만금성에 재물이 넘쳐나는데 굳이 그런 걸 또 받아서 뭐하겠는가?

"하지만 제갈세가를 쳤다가는 여러 문파의 반발을 살 것이오."

평소 같았으면 이런 일에 팽가가 내빼지 않았을 것이다. 하지만 지금은 팽가가 커져야 하는 중요한 때라 다른 문파들에게 견제를 받으면 안 됐다.

"만금성의 반발보단 낮지 않겠소?"

그 말에 팽무승은 눈빛을 파르르 떨었다.

"……"

"본 성이 움직이고 황보세가가 어찌 됐는지 잊지 마시오."

팽무승은 탁자 아래로 주먹을 쥔 채 부들부들 떨었다. 하지만 그가 할 수 있는 일은 없었다. 그는 끝내 알겠다는 말을 내뱉으며 눈빛을 살짝 떨궜다.

팽무승이 나가고 곧바로 공길건이 들어왔다. 그는 들어오자마자 팽무승과 무슨 얘기를 나눴는지에 대해 물었고 진도운은 있는 그대로 해주었다. 헌데, 그는 팽가로 하여금 제갈세가를 공격하게 만드는 것보다 팽가와 호의적인 관계를 형성한다는 말에 더 큰 반응을 보였다.

"성주님. 팽가는……."

"알고 있소. 명부에 적힌 거."

팽가 역시 만금성의 돈을 받고 만금성의 부탁을 외면한 곳이었다. 그런데 진도운이 팽가를 휘하에 두겠다는 분위기를 풍기니 공길건으로서는 당혹스러울 뿐이었다.

"성주님의 명령이라면 응당 따를 것입니다. 하지만 팽가를 휘하에 두는 건 한 번만 생각해 주십시오."

그 말에 진도운은 피식 웃었다.

"공 장로는 만금성 안에서만 있어서 모르겠지만 나는 그동안 만금성 밖에서 한 약속 중에 지킨 게 하나도 없소."

진도운은 그게 자랑거리라도 된다는 듯 아주 당당히 말했다.

‡

팽가의 무인들이 태산 앞에 모였다. 그들은 사람들의 주목을 받지 않기 위해 어두운 계열의 잠행복을 입고 각자 흩어져서 움직였다가 이곳 태산 앞에서 다시 모인 것이다. 어쩌다가 알아보는 사람이 나타나면 산동성에 있는 팽가의 분타에 가는 척 했다가 나중에 이쪽으로 방향을 틀었다. 게다가 때는 한밤중, 그리고 울창한 숲속에서 몸을 낮추고 기다리고 있었기에 그들을 발견한 자는 아무도 없었다.

"형님."

팽가의 가주, 팽무승의 옆으로 그와 비슷한 인상의 중년인이 다가왔다. 그는 팽무승의 아우인 팽도광이었다.

"왜 그러느냐?"

팽무승은 저 멀리 보이는 제갈세가를 주시하며 말했다.

"현재 본가의 전력 대부분이 이곳에 와있습니다. 헌데, 바로 가지 않고 기다리는 이유가 뭡니까?"

"만금성에서 사람을 보내기로 했다."

그 말에 팽도광은 미간을 찌푸렸다.

"우리에게 이런 일을 시키는 것도 모자라 지켜보겠다는 겁니까?"

그는 불만 가득한 목소리로 말했다. 그에 팽무승은 나직이 한숨을 내쉬며 그를 쳐다봤다.

"지금 제갈세가 주변에는 진법들이 쫙 깔려있다. 무턱대고 들어갔다간 우리 쪽 피해만 클 것이다. 헌데, 만금성에서 그 진법의 생문과 파훼법까지 알려준다고 하니 기다리는 것이다."

그래도 못 마땅한 듯 팽도광의 얼굴은 굳어 있었다. 그는 애초에 만금성의 말을 듣고 이렇게 움직인 것을 마음에 들어 하지 않았다.

"지금은 자존심을 접어둘 때다. 자존심도, 명예도, 살아야 지킬 수 있는 것이다."

팽무승이 그의 얼굴을 보며 말했다.

"하지만……"

"죽으면 지킬 명예도, 자존심도 없느니라."

그 말에 팽도광은 아랫입술을 질끈 깨물며 제갈세가를 쳐다봤다.

"알겠습니다. 헌데, 만금성 놈들은 언제 온다…….'

"지금 왔소이다."

문득 등 뒤에서 냉랭한 음성이 날아들었다. 그에 팽가의 무인들은 화들짝 놀라며 일제히 뒤를 돌아봤다.

뒤에는 진도운이 뒷짐을 쥔 채 서있었고 그의 뒤로 팽가의 잠행복보다 더 어두운 색으로 온몸을 가린 흑객들이 어둠 속에 파묻혀 서있었다. 하지만 팽가의 무인들 중 누구 하나 그들의 기척을 느끼지 못했다. 심지어 후방을 지키던 팽가의 무인들조차 언제 그들이 나타났는지 몰라 당황한 기색이 역력했다. 그들 대부분이 뒤를 잡혀도 모르고 있었단 사실에 곤혹스러워하고 있었다.

진도운은 팽가의 무인들 사이를 파고들어 팽무승의 앞에 섰다. 그리곤 품속에서 곱게 포개져 있는 여러 장의 종이를 내밀었다.

"그 안에 제갈세가에 있는 모든 진법과 기관진식의 생문과 파훼법이 있소."

그 종이를 건네받은 팽무승은 종이 안에 깔끔하게 그려진 도해를 보며 내심 감탄을 했다. 그 종이 안에는 제갈세가의 진법을 통과하는 방법이 한눈에 보기 좋게 그려져 있었기 때문이다. 그도 그럴 것이 그 도해는 제갈현이 직접 작성한 것이기에 완벽할 수밖에 없었다.

"헌데, 만금성에서도 같이 들어가는 것이오?"

팽무승은 성주가 직접 올 지도 몰랐거니와 저렇게 많은 병력을 이끌고 나타날 줄 몰랐다. 얼추 보아도 100명은 넘어 보이는 흑객들에 팽무승은 자신도 모르게 긴장했다.

"우리는 밖에서 기다리고 있겠소."

그 말에 몇몇 이들의 표정이 좋지 않았다. 팽도광이 아까 했던 말처럼 정말 자신들이 잘 하나 지켜보는 거라 생각했기 때문이다.

"알겠소."

하지만 팽무승은 별 다른 내색하지 않고 제갈세가를 향해 몸을 틀었다.

"가자."

그 말에 몸을 낮추고 있던 팽가의 무인들이 속속들이 자세를 세우며 앞으로 걸어 나갔다. 그리고 하나, 둘씩 도를 뽑기 시작했다.

스르릉, 쇳소리가 낮게 울리며 팽가의 도가 모습을 드러냈다. 그러자 팽가의 무인들 사이로 비장함이 흘렀다. 그들은 숨을 죽이고 먹이를 노려보는 맹수처럼 살벌한 기세를 머금은 채 제갈세가를 향해 천천히 다가갔다.

제갈세가는 산에서 불어오는 바람과 무림의 문파답지 않게 조용한 분위기가 뒤섞여 한밤에도 고즈넉했다. 헌데, 그

정적인 분위기를 무참히 깨트리는 비명 소리가 있었다.

"치, 침입자다!"

그 말에 굳게 닫혀 있던 전각들의 문이 열리며 제갈세가의 사람들이 밖으로 튀어나왔다. 그리고 그들은 담장을 넘는 일단의 무리들을 보았다. 그들은 어두운 잠행복을 입고 있었지만 하나 같이 회색빛 도를 들고 있었다. 게다가 그들이 사용하는 도법은 사방에다 뇌성을 터트리는 혼원벽력도였다.

'팽가가 어째서……'

제갈세가의 가주, 제갈명은 밖으로 나왔다가 담장을 넘어 거침없이 도를 휘두르는 팽가의 무인들을 보고 아연실색했다. 하지만 그는 이내 땅을 박차고 뛰어 오르며 오른손을 떨치며 왼손으로 허공을 찍어 눌렀다. 그러자 그의 오른손에서 두 줄기의 섬광이 길게 뻗어져 나왔고 그의 왼손에선 소리도 없이 세 줄기의 가느다란 바람이 나와 허공을 꿰뚫고 나아갔다.

섬광은 두 자루의 비도였고, 바람은 지풍이었다.

그 두 공격이 한데 어울려 가장 앞서서 도를 휘두르고 있는 팽가의 무인을 노렸다. 헌데, 그 무인은 기척도 없이 날아든 그 공격을 못 느끼고 다른 곳에만 정신이 팔려 있었다. 그렇게 그 무인에게 격중 당하는가 싶은 순간이었다.

콰쾅!

하늘에서 강력한 도기가 벼락처럼 내려치며 두 자루의 비도와 세 줄기의 지풍을 깨부수었다. 그와 동시에 하늘에서 누군가 도를 쉴 새 없이 휘두르며 날아들었다. 그는 방금 전 도기를 뿌렸던 팽무승이었다.

"팽가의 가주까지!"

제갈명은 소매 속에서 비도를 꺼내 쥐고 곧장 몸을 날려 팽무승을 온몸으로 막았다.

까앙!

팽무승은 도를 있는 힘껏 내려쳤고 제갈명은 비도를 세워 막았다. 허나, 무학에 있어서는 팽가가 제갈세보다 몇 수 앞에 있었다. 그러니 제갈명의 신형은 실이 끊어진 연처럼 튕겨져 나가 땅바닥에 쳐 박혔다. 반면, 팽무승은 멀쩡하게 그의 앞으로 떨어져 내렸다.

제갈명은 이렇게 될 거라 예상했다. 그래도 피하지 않고 맞설 수밖에 없었다. 자신이 피했다간 제갈세가의 가솔들이 다쳤기 때문이다.

"어째서 팽가가 본 가를 공격한단 말이오?"

제갈명은 힘겹게 몸을 일으키며 물었다. 자신은 아무리 생각해봐도 팽가와 척을 진 적이 없기 때문이 지금 이 상황이 당혹스러울 뿐이었다.

하지만 팽무승의 표정 또한 어두웠다.

"그냥 묻지 말고 죽어주시오."

"……"

그 뜬금없는 말에 제갈명은 눈살을 찌푸렸다. 그리고 주변을 둘러봤는데 팽가의 무인들이 무차별적으로 도를 휘두르며 제갈세가의 사람들을 공격하고 있는 게 보였다.

'뭐지?'

지금 제갈세가의 사람들은 무공에서 밀리는 걸 지형지물을 이용해 만회하면서 팽가의 무인들을 상대하고 있었다. 헌데, 그게 끝이었다. 각 전각에 걸린 진법이나 땅 속에 있는 기관진식들을 팽가의 무인들은 모두 가볍게 피하고 있었다.

'그러고 보니……'

담장 밖에도 분명 진법이 깔려 있건만 이들은 부상당한 이 없이 멀쩡하게 안으로 들어왔다.

'이게 어찌된 일이란 말이냐?'

제갈세가 곳곳에 숨어있는 진법이나 기관진식은 팽가의 무인들에게 아무런 소용이 없었다. 그건 다시 말해 팽가의 무인들이 제갈세가에 있는 진법이나 기관진식을 다 알고 들어왔다는 것이었다.

"본 가의 진법을 어떻게 뚫고 나온 것이오?"

"……."

팽무승은 잠시 움찔했다가 다시 도를 들어올렸다. 그는 마치 대답할 가치도 없다는 듯 입을 닫고 제갈명을 향해 도를 휘두르기 시작했다.

콰콰콰쾅!

도를 따라 일어난 벽력의 기운이 제갈명을 향해 짓쳐들었다.

"크흑!"

가까스로 그 일격을 막은 제갈명은 뒤로 쭉 밀려났다. 그때 그의 옆으로 그의 아들인 제갈문이 다가왔다.

"아버지!"

제갈문은 제갈명의 몸을 부축하며 팽무승을 노려봤다.

"어째서 우리에게 이러는 것이오!"

그는 분노에 찬 목소리로 소리쳤다.

"……."

하지만 팽무승은 아무 말도 하지 않고 도를 들었다. 그에 제갈명은 재빨리 제갈문을 밀치고 홀로 팽무승의 도를 받아냈다.

까앙!

제갈명이 머리 위로 비도를 들어 올리며 팽무승의 도를 막았다. 그와 동시에 제갈명은 제갈문에게 시선을 주었다.

[어서 이곳을 빠져 나가 다른 문파에 이 일을 알리거라.]

그 전음에도 제갈문은 머뭇거렸다. 그에 제갈명이 악에 바친 목소리로 소리쳤다.

"지금 이러고 있을 때가 아니다. 어서!"

그 말에 제갈문은 아랫입술을 질끈 깨물며 몸을 돌렸다. 그가 향한 곳은 팽가의 무인들이 흩어져 텅 비게 된 제갈세가의 담장이었다.

"어딜 가느냐!"

팽무승은 제갈문을 향해 몸을 날렸으나 그의 뒤를 제갈명이 귀신 같이 따라붙으며 비도를 날렸다.

채앵!

할 수 없이 몸을 틀어 그 비도를 쳐낸 팽무승은 뒤이어 자신의 지척으로 들어서는 제갈명에 잡혀 멈출 수밖에 없었다.

"도광아!"

그는 제갈명을 향해 도를 휘두르며 소리쳤다.

"예, 형님!"

좀 떨어진 곳에서 팽도광의 목소리가 들렸다.

"지금 누군가 도망치려 한다. 그 자를 막아야 한다!"

"알겠습니다."

팽도광은 주변을 둘러보다가 혼란스러운 틈을 타서 담장을 넘는 제갈문을 발견하고 곧장 몸을 날렸다.

'놓치면 안 된다.'

팽도광이 움직인 걸 보고도 팽무승은 안심할 수 없었다. 팽가가 제갈세가를 쳤다는 걸 다른 가문이 알아선 안 되기 때문이었다.

'큰일이다.'

제갈명 또한 초조하긴 마찬가지였다. 현재 팽가의 무인들은 무슨 원수라도 본 것처럼 무자비하게 도를 휘두르고 있었다. 지금까지는 제갈세가의 사람들이 지형지물을 이용해 잘 버티고 있다지만 본가 안에 설치된 진법과 기관진식들을 요리조리 빠져나가는 팽가의 무인들 앞에 얼마나 버틸 수 있을지 몰랐다.

'수에서도 밀린다.'

제갈세가의 사람들이 적은 것도 있었지만 팽가에서 작정을 하고 한 번에 몰려온 게 더 컸다.

'왜 이러는 것일까?'

아무리 생각해봐도 팽가가 제갈세가를 공격하는 이유를 짐작할 수 없었다.

"끄아악!"

그때, 제갈명의 귀에 익숙한 비명소리가 들렸다. 그곳으로 고개를 돌린 제갈명은 제갈세가의 사람이 가슴을 부여잡고 바닥에 쓰러져 있는 광경을 보았다.

"멈춰라!"

제갈명은 곧장 그곳으로 몸을 날리며 일장을 내질렀다. 헌데, 그와 동시에 제갈명의 옆으로 팽무승이 파고들어 도를 휘둘렀다.

까앙!

촤악!

두 소리가 맞물리며 제갈명의 옆구리에 도가 박혔다. 피가 꽤 많이 튀었지만 다행히 깊숙이 들어가진 않은 듯 제갈명은 옆구리를 부여잡고 땅에 쓰러져 있는 제갈세가의 사람을 향해 다가가 부축했다. 그리곤 자신이 내뿜은 일장에

격중 당해 전각에 쳐 박힌 팽가의 사람을 노려봤다.

"제법이오."

그 앞으로 팽무승이 뚝 떨어져 내리며 말했다. 그는 서슬
퍼런 눈빛을 내뿜으며 제갈명을 노려봤다.

"도대체 우리에게 왜 이러는 것이오."

"말했잖소. 묻지 말고 그냥 죽어달라고."

팽무승은 다시금 도를 들었다. 그리고 곳곳에서 제갈세
가 사람들의 비명이 들리기 시작했다.

한편, 가까스로 제갈세가의 담장을 넘은 제갈문은 담장
을 넘자마자 냅다 달리기 시작했다. 그리고 주변을 둘러보
며 담장 밖에 설치되어있던 진법과 기관진식들이 모두 파
훼되어 망가져 있는 걸 발견했다.

'팽가가 어떻게 본가의 진법과 기관진식들을 파훼시켰
단 말인가?'

제갈세가의 진법과 기관진식은 무림에서도 까다롭기로
소문나서 제대로 공부한 진법가들조차 꺼려했다.

'그런데 어떻게 팽가가……'

그때, 등 뒤에서 비호처럼 날아드는 기척이 있었다. 그
기척은 어찌나 빠른지 제갈문이 고개를 돌아본 순간, 그 기
척은 이미 제갈문의 머리 위에서 제갈문의 등을 내리 찍고
있었다.

퍼억!

제갈문의 몸이 활대처럼 휘며 앞으로 고꾸라졌다.

"크윽!"

땅바닥에 쳐 박힌 제갈명은 척추에서 찌르르 울리는 통증에 몸은 꼼짝도 못하고 고개만 힘겹게 들었다. 그러자 그 순간, 목 아래로 희번덕거리는 도가 다가왔다.

"어찌 팽가가 본 가를 공격한단 말이오?"

제갈문은 바로 앞에서 자신의 목에 도를 들이밀고 서있는 팽도광을 보며 말했다.

"네 놈들은 죽어야만 한다."

"그게 무슨 소리요!"

제갈문은 이 상황을 이해할 수 없었다. 불현 듯 들이닥친 팽가의 전력은 제갈세가가 손 쓸 수 없을 만큼 막강했다. 그건 제갈세가를 멸문시킬 요량으로 왔다는 뜻이었다. 하지만 정작 그 이유를 알 수 없었다.

"네 놈이 그 이유를 알 필요는 없지."

팽도광은 도를 움직였고 제갈문은 눈을 질끈 감았다.

헌데…….

"……"

아무런 소리도, 아무런 느낌도 없었다. 그에 제갈문이 서서히 눈을 떴다. 그리고 미동도 않고 서있는 팽도광을 보았다.

"뭐, 뭐지?"

그 순간, 꼼짝 않던 팽도광의 목에서 비스듬한 혈선이 그

78 天沐鬼王 4

어지더니, 그 혈선을 따라 팽도광의 목이 어긋났다.

쿵.

팽도광의 머리통이 땅에 떨어지고 뒤이어 머리를 잃은 그의 몸도 무너져 내렸다. 그리고 그곳에 뒷짐을 쥐고 있는 서있는 젊은 사내가 보였다. 진도운이었다.

진도운은 손을 내밀며 인자하게 웃었다.

"괜찮소?"

"가, 감사합니다."

제갈문은 그 손을 잡고 일어났다.

"어디 다친 곳은 없소?"

진도운은 상냥한 목소리로 다시 물었다. 그에 제갈문은 다급히 포권을 취했다.

"이 은혜를 어찌 갚아야 할지……."

"아니오. 응당 해야 할 일을 했을 뿐, 소협께선 부담을 갖지 마시오."

그 정중한 말에 탄복한 제갈문은 그제야 진도운의 뒤에 서있는 흑객들이 눈에 들어왔다. 아까 누워있을 땐 진도운의 등 뒤로 밤 그림자가 뒤덮여 있는 것 같았는데 이제 보니 검은 옷을 뒤집어 쓴 사람들이 뭉쳐 있는 것이었다.

"저 자들은 분명 만금성에서……."

일전에 제갈명을 따라 만금성에 갔다가 한 번 본 적이 있었다. 그때 당시 성주는 제갈명이 독대를 만나 자신이 보지 못했지만 만금성에 돌아다니는 흑객들은 본 적이 있기에 알아 볼 수 있었다.

"혹시 만금성에서 오신 분들입니까?"

그 말에 진도운이 정중히 포권을 취했다.

"만금성의 성주, 백우결이오."

"서, 성주님께서 직접 오신 겁니까?"

제갈문이 눈을 휘둥그렇데 뜨며 물었다.

"팽가가 제갈세가를 공격한다는 소식을 듣고 내 급히 한 달음에 온 것이었소. 헌데, 보아하니 내가 조금 늦은 것 같구려."

그 말에 제갈문은 다행이라며 크게 안도의 한숨을 내쉬었다.

"다행입니다. 정말 다행입니다. 팽가에서 갑자기 들이닥쳐서 본 가의 사람들을 죽이고 있습니다."

"허, 그렇소? 어서 가서 팽가를 몰아내야겠구려."

그 말에 제갈문의 얼굴에 화색이 돌았다. 이제야 살 수 있다는 희망이 생겼기 때문이다.

진도운은 흑객들을 이끌고 제갈세가를 향해 성큼성큼 나아갔다.

"팽가 놈들이 감히 제갈세가를 치다니……. 본 성에 머물고 있는 제갈현을 봐서라도 팽가 놈들을 용납할 수 없다."

진도운은 나직한 목소리로 말을 이었다.

"팽가 놈들을 단 한 놈도 살려 보내지 마라."

그 말과 동시에 100명이 넘는 흑객들이 일제히 몸을 날

려 단숨에 담장 안을 넘어갔다. 그리고 진도운은 뒤따라오는 제갈문을 다독였다.

"걱정 마시오. 우리가 왔으니 제갈세가는 무사할 것이오."

"감사합니다. 정말 감사합니다."

제갈문은 울컥 복받쳐 흐르는 눈물을 참지 못하고 울먹이며 말했다.

제갈세가의 사람들을 몰아붙이는 팽가의 무인들도 속마음은 좋지만은 않았다. 팽가가 아무리 투사 집안이라고 불려도 어쨌든 그들 역시 백도의 무인들이었다. 그런데 이렇게 밤에 넘어와 일방적으로 제갈세가의 사람들을 공격하는 게 편치만은 않았다. 하지만 자신들이 살기 위해서라는 핑계 하나로 마음을 다잡았다.

한 팽가의 무인이 제갈세가의 사람을 구석에 몰아넣는데 성공했다. 그 제갈세가의 사람은 집안 구조를 이용해서 빠져나가다가 팽가 무인이 휘두른 도에 발목이 스치며 끝내 잡히고 말았다.

"흐으……."

제갈세가의 사람은 발목을 부여잡고 땅바닥에 주저앉았다. 이제 더 이상 도망갈 곳도 없었으며 발 때문에 도망 칠 수도 없었다. 그는 눈앞에서 휘둘러지는 도를 빤히 바라보고 있었다.

헌데, 그 순간에 팽가 무인의 가슴을 뚫고 검 끝이 튀어나왔다.

"커억!"

팽가의 무인은 도를 떨어트리며 그대로 땅에 쓰러졌다. 그리고 그 뒤에 서있는 흑객이 나타났다.

갑작스럽게 일어난 사태에 놀란 제갈세가의 사람이 겁을 먹고 움찔 거리자 그 흑객은 미련 없이 몸을 돌리며 팽가의 무인들을 향해 달려들었다.

"누, 누구지?"

그 흑객처럼 검은 옷을 뒤집어 쓴 자들이 갑자기 나타나 팽가의 무인들을 도륙하기 시작했다. 하지만 그들은 제갈세가의 사람은 건들지 않고 오직 팽가의 무인들만 공격했다. 그걸 보고 조금은 안심이 됐는지 그 제갈세가의 사람은 천천히 일어섰다. 그때 그의 앞으로 진도운이 다가와 몸을 부축해주었다.

"괜찮소?"

"괘, 괜찮습니다. 헌데, 공자께서는 누구신지……."

"만금성의 성주님이십니다. 본 가를 도우려고 오셨습니다."

제갈문이 불쑥 옆에서 끼어들며 말했다. 그의 말에 그 제갈세가의 사람 또한 살았다는 듯 안도했다.

"여기는 우리가 맡을 테니 쉬고 계시구려."

진도운은 사람 좋아 보이는 미소와 함께 그 제갈세가의

사람을 다독이다가 다른 곳으로 갔다. 그는 팽가의 무인들을 공격하지 않았다. 아니, 공격할 필요도 없었다. 흑객들의 검에 팽가의 무인들은 소리 없이 죽어가고 있었다. 그것도 일방적인 도륙이었다. 반면 진도운은 제갈세가의 사람들을 찾아다니며 피를 흘리는 자가 있으면 지혈을 해주고 안전한 곳으로 피신시켜주었다. 그리고 그때마다 자신이 만금성의 성주라고 소개하는 걸 잊지 않았다.

채채채채챙!

팽무승은 수중의 도를 풍차처럼 돌려서 나란히 날아든 비도 다섯 자루를 모두 쳐냈다. 그에 제갈명은 아연실색해서 소매 속에 감춰둔 다른 비도를 꺼냈다.

'비도도 얼마 남지 않았다.'

그걸론 팽무승을 잡아두는 것이 고작이었다.

"가, 가주님. 저는 놔두시고 어서 가십시오."

제갈명이 아까 구해준 제갈세가의 사람이 한 말이었다. 하지만 제갈명은 그를 끝까지 등 뒤에 두고 물러서지 않았다.

"이미 늦었다."

팽가의 무인들은 작정하고 온 듯 팽가의 전력 대부분을 이끌고 왔다. 그건 정말 제갈세가를 끝장낼 각오로 왔다는 것이었다.

'희망이 보이지 않는구나.'

팽가가 기습적으로 공격을 한 것도 있었지만 그동안 제갈세가가 자랑하던 진법과 기관진식들이 모두 쓸모없게 돼 버린 것도 컸다. 그것만 아니었다면 애초에 팽가의 무인들은 제갈세가의 담을 넘지도 못했을 것이다. 어찌 보면 제갈세가의 힘을 제대로 발휘하지도 못한 것이었다.

"이제 그만 끝내야겠소."

팽무승은 도를 꽉 말아쥐며 몸을 날렸다. 아니, 날리려는 순간 팽무승은 눈을 부릅뜨고 몸을 팽이처럼 돌렸다.

차앙!

뒤로 몸을 돌리며 도를 휘두른 팽무승의 앞에 한 흑객이 검을 찔러 넣고 있었다. 둘 사이에 불꽃이 튀며 팽무승의 도가 흑객의 검을 쳐냈다.

"……!"

팽무승은 도를 잡고 있는 손에서 전해지는 묵직한 충격에 손을 떨었다.

'단순히 부딪치기만 했건만.'

팽무승은 흑객을 노려봤다가 이내 눈을 부릅뜨고 정신없이 고개를 돌렸다. 지금 주변에선 흑객들의 검에 팽가의 무인들이 하나, 둘씩 소리 없이 죽어나가고 있었다.

"이게 어찌된……."

당혹스러운 표정으로 고개를 돌리던 팽무승은 일전에 만금성에서 흑객들을 얼핏 봤던 기억을 떠올렸다.

'이 자들은 만금성에 있던 자들이 아닌가?'

하지만 그 의문을 풀 새도 없이 눈앞의 흑객이 다시 검을 들이밀었다.

채채채채챙!

흑객은 매섭게 검을 휘두르며 팽무승을 몰아붙였고 팽무승은 도를 휘둘러 흑객의 검을 막았다. 하지만 한 번 막을 때마다 손에 가해지는 충격은 늘어만 갔다.

'손아귀가 찢어질 것 같군.'

팽무승은 자신을 압도하는 흑객의 내공에 밀려 가까스로 그의 검을 막아내고 있었다. 그에 팽무승은 분위기를 역전시키고자 있는 힘을 다해 내공을 끌어올리며 도를 휘둘렀다.

콰앙!

그의 도에 맺혀있는 벽력의 도기가 그 일대를 휘몰아쳤다.

콰콰콰콰쾅!

요란한 굉음과 함께 그 흑객의 몸이 벽력의 도기에 뒤덮였다. 동시에 흙먼지가 피어올라 흑객의 몸을 감쌌다.

'잡았다!'

팽무승은 그 먼지 구름 속으로 몸을 들이밀며 도를 휘둘렀다. 그의 몸을 중심으로 일진광풍이 불며 모든 먼지 구름을 걷어냈다. 헌데, 그가 휘두른 도에 걸리는 게 없었다.

스윽.

그때 팽무승의 턱 밑으로 날카로운 검 끝이 솟구쳐 올랐다.

"……."

팽무승은 그 자리에서 얼어붙은 것처럼 꿈쩍도 못했고 그 아래에선 검은 옷이 군데군데 터져 나가 맨살을 드러내고 있는 흑객이 앉아서 검을 들어 올리고 있었다.

꿀꺽.

팽무승의 목울대가 넘실거렸다. 그런데 그때 그의 눈에 팽가의 무인들이 흑객들의 검에 쓰러지는 모습이 들어왔다.

"안 돼!"

그가 소리쳤다. 그러자 그의 목에 붙은 검이 찰싹 달라붙으며 흑객이 눈앞으로 솟구쳐 올랐다.

"네 놈들은 만금성에서 온 놈들이 아니냐? 어째서 만금성이 우리들을……."

팽무승은 억울함이 치를 떨며 말했다. 그런데 그때 흑객이 뒤로 빠지며 진도운이 앞으로 나왔다. 그를 본 팽무승의 눈빛이 미친 듯이 흔들렸다.

"어찌하여 무고한 제갈세가를 공격한단 말이오!"

"그 무슨……!"

팽무승은 온 몸의 털이 삐쭉 서는 게 느껴졌다. 그와 동시에 땅바닥에 쓰러져 있는 팽가의 무인들을 보며 온몸을 부들부들 떨었다.

"백우결!"

팽무승의 얼굴에 힘줄이 불거졌다. 그리고 그의 분노가 담긴 목소리가 제갈세가를 쩌렁쩌렁 울렸다.

"어찌 네 놈이 나에게……."

그 순간, 진도운이 바짝 다가서며 그의 목을 움켜쥐었다. 그러자 팽무승은 켁켁 거리는 소리를 내뱉으며 온몸을 아등바등 거렸다.

"그대처럼 무고한 사람들을 죽이는 악인을 내 어찌 놔둘 수 있단 말이오?"

진도운은 일부러 목소리를 높여서 제갈세가의 사람들이 모두 듣도록 하였다.

"내 제갈세가를 대신해서 그대의 목숨을 가져가리다."

"이, 이 놈……."

팽무승은 눈을 부라리며 진도운을 노려봤다. 그제야 자신이 진도운에게 놀아났다는 걸 깨달은 것이다.

"으……."

그는 이를 바득 갈며 땅바닥에 널브러져 있는 가솔들을 보았다. 왼쪽 가슴이 칼로 찔린 것처럼 아파왔다. 자신 때문에 가솔들이 저리 무참히 희생됐다는 것에 견딜 수 없을 만큼 괴로웠다.

"이건 다 마……."

그가 채 말을 잇기도 전에 진도운이 성큼 다가서더니 그의 목을 움켜잡았다. 그리고 싱긋 웃으며 서서히 그 목을 조였다.

[아무렴 황보세가와 손을 잡은 네 놈들을 내가 살려둘 것 같았나?]

"크윽……."

얼굴이 시뻘겋게 달아오른 팽무승의 입에서 게거품이 서서히 올라왔다.

[팽가에 남아있는 찌꺼기들도 처리해야지. 이 세상에서 팽가의 씨를 뿌리 채 뽑을 생각이다.]

진도운은 히죽 웃으며 전음을 보냈다. 그리곤 팽무승의 목을 꺾었다.

바들바들 떨던 팽무승의 몸이 축 늘어졌다.

진도운은 그런 팽무승의 시신을 땅에 버리며 제갈명을 향해 다가갔다. 그리곤 그의 옆구리에 깊게 나있는 상처를 향해 손을 뻗었다.

"피가 많이 나는구려. 지혈부터 해야겠소."

진도운은 다정한 목소리로 말하며 제갈명의 옆구리를 지혈해주었다. 하지만 제갈명은 조금도 고마워하는 기색 없이 진도운을 노려봤다.

그는 이 기가 막힌 순간에 진도운이 나타난 걸 보고 모든 걸 알아차렸다. 팽가의 무인들이 갑작스럽게 공격을 한 것부터 그들이 제갈세가에 있는 진법과 기관진식들을 파훼칠 수 있었던 까닭까지 말이다.

[성주께서 모두 꾸민 일이구려.]

문득 제갈명의 전음이 진도운의 귀에 꽂혔다.

[무슨 소리를 하는 건지 모르겠구려.]

진도운은 능청스러운 표정으로 전음을 보냈다.

[어찌 이럴 수 있단 말이오? 그리고 어떻게 현이까지 이 일에 끌어들인 것이오?]

분명 팽가의 무인들이 제갈세가의 진법과 기관진식을 파훼한 걸 봐서는 분명 제갈현도 가담한 일이었다. 그리고 제갈현은 제갈세가의 사람들을 무사히 살려주는 조건으로 알려준 것이었다.

[도대체 본 가에 이러는 이유가…….]

[내 이미 말하지 않았소? 제갈세가가 필요하다고.]

이젠 그 말이 무섭게 들렸다.

[이래도 내가 거절을 하겠다고 하면…….]

[걱정 마시오. 거절하더라도 난 그냥 돌아갈 것이오. 하지만 제갈세가는 언젠가 또 다른 문파에 습격을 받을 테고 난 또 구하러 올 것이오.]

진도운은 힘 있는 목소리로 전음을 이어 보냈다.

[그럼 그때마다 지금의 팽가처럼 억울하게 죽어가는 사람들이 늘어날 것이오.]

제갈명은 아무 말도 하지 못했다.

[시간이 지날수록 제갈세가의 앞마당에 시체들이 점점 쌓일 것이오. 그리고 그 모든 시체들은 제갈 가주가 죽인 거나 마찬가지오.]

[그게 어찌 내 탓이란 말이오?]

[제갈 가주가 그들을 살릴 방법은 있었소. 여기 팽가의 무인들을 보시오. 만약 제갈 가주께서 내 제의를 받아들였다면 팽가의 무인들이 이렇게 죽을 일은 없었을 것이오.]

[그런 억지를······.]

[다시 말하자면 무고한 자들을 살릴 수 있는 건 오직 제갈 가주뿐이오.]

그 전음에 제갈명은 온몸에 소름이 돋는 걸 느꼈다. 그래서 자신도 모르게 몸을 움츠렸다.

[난 내가 원하는 걸 얻기 위해서 이보다 더 많은 피를 흘릴 준비가 되어 있소. 제갈 가주께서는 내 제의를 거부하기 위해 얼마나 많은 피를 흘릴 수 있겠소?]

제갈명은 그 전음에 대답하지 못했다.

[걱정 마시오. 그 많은 피 중에 제갈세가의 피는 없을 것이오. 난 제갈세가가 필요한 것인지 죽이고 싶은 게 아니니 말이오.]

진도운은 아무 일도 없다는 듯 방긋 웃었다.

"옆구리에 지혈도 마쳤으니 괜찮아지실 것이오."

진도운은 다정한 목소리로 말했다. 그러자 주변에서 아무것도 모르고 있는 제갈세가의 사람들이 다가왔다. 그들은 진도운과 흑객들을 보며 연신 감사하다는 말과 함께 포권을 취했다.

"지금 이대로 제갈세가에 머무는 건 힘들어 보이오. 차라리 우리와 함께 당분간 안휘성에 가 있는 건 어떻소?"

진도운은 일부러 소리 내서 말했다. 그러자 제갈명이 눈
을 꾹 감았다가 뜨며 고개를 끄덕였다.

"그럼 성주님께 신세 좀 지겠소."

그제야 진도운은 흡족한 미소를 지었다.

天流鬼교

21장.
사구문

21장.
사육물

진도운은 안휘성 안에 제갈세가의 사람들이 머물 곳을 마련해주고 제갈명에게 만금성을 드나들 수 있는 권한을 주었다. 그리고 제갈명으로 하여금 제갈세가의 사람들을 관리하도록 하였다.

그 뒤로 제갈명은 진도운의 뜻대로 안휘성에서 살 수 밖에 없었다. 그 과정이 순탄치만은 않았다. 가문의 전통이 남아있는 태산을 떠나 낯선 곳에서 새롭게 자리를 잡는 다는 건 쉽지 않은 일이었다. 하지만 팽가의 무인들이 들이닥쳐 그곳의 진법과 기관진식을 모두 파훼쳐 놓는 바람에 그들은 태산을 떠날 수밖에 없었다. 더 이상 자신들을 보호할 수단이 사라진 마당에 계속 머물 수는 없었다. 그래서 그들은 만금성의 보호 안에서 안휘성에 안착하기로 했다.

그러던 어느 날, 제갈명이 만금성으로 들어왔다. 그는 직접 진도운을 찾아와 두툼한 종이 뭉치를 그의 탁자 위에 내려놓았다.

"이게 무엇이오?"

진도운은 종이를 슬쩍 떠보며 물었다. 그 안에는 온갖 진법과 기관진식이 적혀 있었고 그것들을 안휘성에 어떻게 설치할 건지 세부 계획이 자세히 적혀 있었다.

"본 가의 진법이나 기관진식을 이용해 안휘성을 지키도록 한다면 만금성의 인력을 자유롭게 움직일 수 있을 것이오. 그럼 인력 부족도 해결될 것이오."

그 말에 진도운은 흡족한 미소를 지었다. 자신이 예상한 그대로 제갈명이 움직이고 있었다.

"이리 적극적으로 나올 줄 몰랐소. 듣기로는 제갈세가의 사람들까지 설득해서 안휘성에 남도록 했다던데."

"성주님께서 팽가의 무인들을 직접 물리쳐준 덕분에 본 가의 가솔들은 성주님을 좋게 보더이다."

"그렇구려."

진도운은 덤덤하게 말했다.

"그리고 나는 성주님의 손에서 벗어날 수 없다는 걸 깨달았소."

"그래서 아예 내 손을 벗어나는 건 포기하고 이리 적극적으로 나온 것이오?"

진도운은 탁자 위에 쌓여있는 종이 뭉치를 가리키며 말했다.

　"그렇소. 나는 성주님을 위대한 사람으로 만들 생각이오."

　진도운은 일전에 제갈명과 나누었던 대화를 떠올렸다.

　'위대한 사람이란……..'

　모든 걸 품는 사람이라 했다. 그리고 분명 자신은 위대한 사람도 아닐뿐더러 될 생각도 없다고 했다. 그런데도 이리 말한다는 건…….

　"나를 바꾸겠다는 것이오?"

　그가 이리 적극적으로 나오는 이유를 알 것 같았다.

　"성주님께서는 이미 제가 성주님의 신념과 다르다는 걸 알고도 저를 불러들이지 않았소? 그러니 나는 내 신념대로 움직일 겁니다. 그러다보면 언젠가 성주님께서도 내 신념을 알아줄 날이 오겠지요."

　진도운은 그의 뜻을 충분히 알아들었다.

　"마음대로 하시오."

　이미 그런 걸 예상 못했던 것도 아니었다. 이유야 어찌됐든 이리 적극적으로 나온 건 자신에겐 좋은 일이었다.

　진도운은 다시 종이 뭉치를 제갈명에게 밀어냈다.

　"가지고 가서 이대로 진행하시오. 내 이미 장로들에게 제갈 가주가 필요하다는 건 다 내주라고 일러두었소."

　그 말에 제갈명은 멈칫했다. 검토도 하지 않고 무작정 말길 줄은 몰랐기 때문이다.

"그래도 한 번은 보시고……."

"장로들이 보고 판단할 것이오. 그렇다고 너무 걱정 마시오. 장로들은 그쪽 방면에 전문가인 제갈 가주의 의견을 최대한 존중해줄 터이니."

이미 제갈현에게 들은 바가 있지만 이리 직접 겪어 보니 제갈명마저 어리둥절할 수밖에 없었다. 자신이 온지 얼마 되지도 않았건만 무작정 일을 맡기다니.

"이제 그 일은 제갈 가주가 총 책임자요."

"나를 어찌 믿고 책임자로 임명하시는 것이오?"

"그 방면에 제갈 가주보다 뛰어난 자는 없소."

"만약 제가 딴 마음을 먹고……."

"본 성에 제갈 가주만큼 뛰어난 실력자가 있는 것도 아니니 제갈 가주가 다른 마음을 먹고 속이려면 다른 사람을 붙여도 얼마든지 속일 수 있소."

진도운은 덤덤한 목소리로 말을 이었다.

"그리고 제갈 가주께서는 내가 원하는 걸 얻기 위해 뭘 할 수 있는지 보셨으니 딴 마음을 품지 않을 거라 생각되오."

그는 자신감 넘치는 목소리로 말했다. 그에 제갈명은 자신도 모르게 실소를 흘리더니 다시 종이 뭉치를 들고 밖으로 나갔다.

만금성 주변에 설치하는 기관진식의 공사가 끝나갈 때쯤
진도운은 제갈현을 불러 만금성으로 들어오는 정보를 총괄
하는 막경세 장로를 소개시켜주었다. 막경세 장로의 일은
만금성으로 들어오는 정보를 관리하고 분류해서 무림의 정
세를 파악하고 각 장로들에게 정보를 제공하는 것이었다.
그래서 다른 장로들이 그 정보를 토대로 앞으로 만금성이
어찌 나가야 할지 판단을 내리는 것이었다.

제갈현은 막경세 장로의 일을 배우며 서서히 만금성의
일원으로 녹아들었다. 그리고 시간이 지나며 제갈현은 스
스로 분석한 정보를 진도운에게 올렸다.

제갈현은 그날도 어김없이 자신이 분석한 무림의 정세를
보고하러 왔고 진도운도 가만히 그의 보고를 들었다. 평소
에는 가볍게 보고만 올리고 끝이었는데 이번에는 진도운이
제갈현을 불러 세웠다.

"자네는 앞으로 호북성과 산동성이 어떻게 될 거라고 보
는가?"

진도운은 팽가가 제갈세가를 공격하고 전력을 모두 잃은
걸 소문내서 팽가에 전력이 얼마 남지 않았다는 걸 알렸다.
그러자 팽가는 만금성에서 손 쓸 필요도 없이 흑도의 문파
에 밀려 멸문 당했다.

그러니 호북성과 산동성은 주인이 없는 전쟁터나 마찬가지였고 제갈현은 오히려 그런 혼란스러운 정세에 휩쓸리지 않게 제갈세가가 안휘성으로 넘어온 게 다행이라고 생각했다.

"아마도 흑도의 방파들이 호북성과 산동성을 차지할 거라 예상합니다."

그간 막강한 백도의 문파들이 두 성을 휘어잡고 있으니 흑도의 방파들이 조용히 있을 수밖에 없었다. 헌데, 지금 그 중 세 문파는 멸문당하고 제갈세가는 그곳을 벗어났으니 이제 흑도의 방파들을 막을 수 있는 백도의 거대 문파는 없었다.

"그 다음은?"

진도운이 물었다.

"아무래도 사곡문의 움직임을 지켜봐야 할 것 같습니다."

"계속 말해보도록."

"요새 들어 흑도의 대문파들이 활발하게 움직이고 있습니다. 아무래도 요새 백도의 대문파들이 서로 구현회의 빈자리를 차지하려고 이곳저곳 건들다 보니 흑도에서도 반응하는 것 같습니다."

진도운은 고개를 끄덕였다.

"그렇지. 헌데, 그건 이미 네가 예견한 일이기도 하지 않느냐?"

"한 가지 예견하지 못한 일이 있습니다."

"그게 뭐지?"

"저도 모르겠습니다. 지금 흑도의 대문파들이 바삐 움직이고 있긴 한데, 그들이 노리는 건 마냥 백도의 문파들만이 아닌 것 같습니다."

"그럼 흑도의 문파들끼리 싸우기라도 한단 말이냐?"

제갈현은 심각하게 표정을 굳히며 고개를 끄덕였다.

"지금 돌아가는 꼴로 봐서는 그럴 수도 있을 것 같습니다."

"그 중심에는 사곡문이 있고?"

"사곡문 역시 그 중의 한 곳이기도 하며 현재 가장 눈에 띄는 움직임을 보이고 있습니다. 나머지는 다들 물밑에서 작업 중인지 행적을 파악하기가 쉽지 않습니다."

하북성 바로 옆에 붙어있는 산서성의 패자가 바로 사곡문이었다. 그곳에는 철마방을 견제하던 남궁세가 같은 백도의 대문파가 없었다. 백도의 문파라면 사곡문에서 뿌리를 뽑았기 때문이다. 하지만 흑도의 방파라면 사곡문 말고도 군소방파들이 꽤 있었다.

"현재 사곡문은 산서성에 있는 흑도의 군소방파들을 모조리 흡수하고 있습니다. 벌써 산서성에 있는 문파들 중 반 이상이 사곡문에 넘어갔습니다."

"단순히 몸을 불리는 걸 수도 있잖은가?"

무림에서 가끔씩 그런 경우가 있었다. 지금처럼 혼란스

러울 때에 쉽게 보이지 않기 위해 규모를 늘리는 경우 말이다.

"지금 돌아가는 걸로 봐서는 그 이상입니다."

"어째서?"

"사곡문의 무인들이 산서성에 붙어있는 다른 성에 모습을 보이는가 싶더니 최근에 하북성이 주인을 잃었다는 소문을 듣고 하북성에 조금씩 사람을 보내고 있다고 합니다."

진도운의 뺨이 씰룩거렸다.

"확실한가?"

"확실합니다. 이번 팽가를 공격했던 흑도의 무림인들 중에 사곡문의 사람도 껴 있었다고 합니다."

하북성이 넘어가면 옆에 붙어있는 산동성까지 같이 넘어갈 수도 있었다. 그럼 그 다음은 산동성과 가까운 안휘성일 확률이 높았다.

"산서성에서 사곡문을 막을 수 있는 문파는 없습니다. 산서성이 사곡문의 영역이 되는 건 시간문제입니다."

"어차피 사곡문은 산서성의 패자였다."

"하지만 이제는 만금성처럼 안휘성 자체를 자신의 땅으로 두게 되겠죠. 거기다가 지금 사곡문은 흑도의 군소방파들을 없애지 않고 모두 흡수했습니다. 그것도 팽가처럼 무작정 규모를 키우기만 한 게 아니라 자신의 땅에서 탄탄하게 힘을 키우고 있습니다."

"어쩌면 흑도에서도 구현회 같은 거대한 단체가 생기는 건가."

진도운이 나직이 한 말에 제갈현이 눈빛이 크게 흔들렸다.

"어쩌면 그런 걸 수도 있습니다."

그동안 흑도에선 구현회처럼 한데 모여 어떤 단체를 세우려는 움직임이 없었다. 그래서 일전에 팽가가 하북성을 집어삼킬 때도 하북성에 있는 흑도의 방파들은 한데 뭉쳐 대항할 생각조차 못했다.

"일단은 사곡문이 산서성을 통일시킨 뒤에 어떻게 움직이는지 지켜보아라."

"알겠습니다."

제갈현은 읍을 해보이며 집무실을 빠져나갔고 진도운은 품속에서 두 장의 종이를 꺼냈다가 다시 한 장은 집어넣었다. 그리고 남은 한 장을 유심히 들여다보았다. 그 종이엔 수많은 문파의 이름이 적혀 있었고 사곡문도 껴있었다. 헌데, 그 종이는 이제껏 진도운이 이름을 지워왔던 종이가 아닌, 백우결의 어머니 즉 유소이의 죽음에 직접적으로 연관이 있는 문파들의 이름이 적혀 있었다.

이쪽 종이에 있는 문파가 언급되는 건 이번이 처음이었다. 그래서 그 종이에는 아직도 한 문파의 이름도 지워지지 않았다.

'어쩌면 사곡문이 처음일 수도 있겠군.'

만금성에게는 유소이의 복수를 한다는 동기가, 그리고 자신에게는 만금성을 지켜야겠다는 동기가 있었다.

"재미있군."

사곡문이라 적힌 글씨를 빤히 들여다보던 진도운은 피식 웃었다. 저 문파에 얽힌 사람들이 한 명 더 있다는 걸 깨달았기 때문이다.

'등소현의 부모도 사곡문 놈들이 죽였지.'

진도운은 사곡문 놈들과 참 많이도 얽혀있다는 걸 깨달았다.

그로부터 며칠 지나지 않아 사곡문이 산서성을 완벽하게 통일했다는 소식이 들려왔다. 어차피 산서성의 패자가 사곡문이었던지라 무림에서 별 다른 주목을 하지 않았지만 만금성은 사곡문의 움직임을 주시하고 있었다.

‡‡

온몸을 회색 경장에 적색 장포를 걸친 중년인이 백선문 부근에서 어슬렁거렸다. 그는 백선문을 주시하며 밤늦게까지 나무 옆에 붙어있었다. 그러다가 거리에서 사람들의 발길이 완전히 끊겼을 때 백선문에서 머리에 관을 쓰고 있는 한 청년이 나왔다. 단유휘였다.

단유휘를 본 그 중년인은 읍을 해보였다. 헌데, 단유휘는

104

그를 묘한 눈빛으로 쳐다봤다. 지금 자신이 나온 이유는 백선문 바깥에 있는 시나귀의 표식을 보고 나온 것이었다. 그런데 그곳에 자신이 알지 못하는 자가 서있었다.

'시나귀 중에 이런 자가 있던가?'

단유휘는 그를 경계하며 쳐다보고 있었다. 그러다 문득 중년인의 경장 안에 박혀 있는 보라색 어금니를 발견했다. 그건 사곡문의 문장으로 그 중년인이 사곡문의 사람이라는 걸 뜻했다.

"며칠 째 대나귀에게 연통이 없어서 이리 찾아왔소."

그 중년인이 말했다.

'역시 시나귀였군.'

하지만 단유휘는 아무리 기억을 뒤져봐도 그와 같은 시나귀가 있다는 걸 떠올리지 못했다. 그로써는 이 중년인을 아예 처음 접하는 것이었다.

"지금 대나귀께선 문파에 계시지 않습니다."

그 말에 중년인의 얼굴에 당황한 기색이 떠올랐다.

"어디 가신 줄 아시오?"

"대나귀께선 지금 무림을 떠돌고 계십니다."

"무슨 일로……."

"할 말이 있으면 내게 하시지요. 대신 전해드리겠습니다."

하지만 중년인은 머뭇거리며 좀처럼 입을 열지 못했다.

"설마 내가 누군지 모르는 겁니까?"

"알고 있소. 대나귀의 후계자 분이 아니시오?"

"이제 곧 대나귀가 될 몸이기도 하지요. 그러니 내게 말씀하시면 내가 전해드리겠습니다."

그래도 중년인이 망설이자 단유휘는 몸을 돌렸다.

"말하기 싫으면 어쩔 수 없죠. 여기까지 온 거 보면 급한 일인 것 같은데…… 만약 대나귀께서 왜 자신에게 급히 알리지 않았냐고 따지기라도 한다면."

"알겠소. 그대에게 말하겠소."

중년인의 말에 단유휘는 다시 몸을 돌려 그 중년인을 쳐다봤다.

"저를 아신다면 제 이름도 알고 계실 터, 그쪽은 이름이 어떻게 되십니까?"

"장노단이오."

단유휘는 고개를 끄덕이며 그의 이름을 되새겼다. 역시나 들어본 적이 없는 이름이었다.

"무슨 일로 대나귀를 찾는 겁니까?"

"본인은 사곡문의 제자로 있는 시나귀오."

"그건 그쪽의 복장에 박혀 있는 문장을 보면 알 수 있습니다. 내가 묻는 건 사곡문이 무슨 일을 벌이는 건지 묻는 겁니다."

시나귀는 백선문을 위해 살아가는 존재. 그들이 움직였다는 건 즉 백선문을 위협할 만한 일이 생겼다는 것

이다.

"사곡문이 본격적으로 움직이고 있소."

그 말에 단유휘가 눈썹을 꿈틀거렸다.

"갑자기 그게 무슨 말입니까?"

"먼저 그동안 대나귀께서 사곡문을 주시했던 이유부터 아셔야 하오."

현재 흑도 무림은 백도와 달리 조용히 있다지만 그 고요는 말 그대로 폭풍전야였다. 백도 무림이 구현회가 몰락하면서 혼란스러워졌다면 흑도 무림은 정반대였다. 지금 흑도 무림은 반대로 구현회 같은 단체를 만들려고 하고 있었다.

"조금 더 자세히 말해보시오."

"구현회가 백도 무림의 아홉 문파가 합쳐서 만든 게 아닙니까? 그것처럼 흑도의 대문파들이 합세해서 하나의 단체를 만들려고 합니다. 아니, 단체가 아니라 하나의 문파로 일통하려고 합니다."

단유휘의 눈빛이 크게 흔들렸다.

"사실이오?"

단유휘로썬 그런 낌새도 느끼지 못했다. 그뿐만 아니라 대부분의 무림인들은 흑도 무림이 어떻게 움직이고 있는지 감조차 잡지 못했다. 하지만 양염평은 아니었다. 그는 시나귀를 통해 이 움직임을 오래 전에 감지하고 지금까지 주시하고 있었다.

"흑도 문파들이 워낙 은밀히 움직이고 있는 통에 아직까지 백도 무림에서 이 사실을 아는 사람은 몇 사람 없습니다."

"허면, 지금 사곡문 말고 어떤 문파들이 그 일에 끼어든 것이오?"

"아직 사곡문 말고는 확실하지 않습니다. 몇몇 짐작되는 곳이 있기는 하나 말 그대로 짐작입니다."

단유휘는 심각하게 표정을 굳혔다. 그의 말대로 흑도에서 구현회 같은 단체가 생긴다면 절대로 백선문을 가만 두지 않을 것이기 때문이다. 그동안 백선문은 백선행을 통해 수많은 백도의 문파들을 지켜왔다. 하지만 그걸 흑도의 입장에서 보자면 백선문은 흑도의 일을 끊임없이 방해해온 것이나 마찬가지였다.

"사곡문이 산서성을 통일했다는 소식을 듣긴 했지만 그런 목적을 갖고 있는 줄은 몰랐습니다."

어차피 그들이 산서성의 패자였기 때문에 별로 달라질 건 없다고 생각했었다. 하지만 그 일에 딴 속셈을 품고 있을 줄이야.

"제가 여기 온 이유는 사곡문이 그렇게 움직이고 있는 와중에 한 가지 물건을 집착적으로 찾고 있기 때문에 그걸 알리고자 왔소."

"어떤 물건을 찾고 있습니까?"

"어떤 구슬이라고 하오."

단유휘의 눈빛이 미묘하게 흔들렸다.

"자세히 말씀해주시지요."

"제가 아는 거라곤 투명한 구슬이라는 것뿐이오. 사곡문은 최근에 흡수한 산서성 문파들의 장문인들을 모아 그 구슬을 가지고 있는지 물어봤소."

"그래서 또 누가 가지고 있었습니까?"

"한 명도 없었소. 아예 아는 사람조차 없었소. 혹 단 공자께서는 그 구슬이 무엇인지 아시오?"

단유휘는 고개를 저었다.

"나도 모르겠습니다."

"그렇소? 그것 참 이상하구려. 대나귀께선 혹시 사곡문이 어떤 구슬을 찾는 일이 생기면 어떤 일이 있어도 자신에게 알려달라고 했는데 말이오."

단유휘는 알겠다는 듯 고개를 끄덕였다.

"어서 이 사실을 대나귀께 전해드려야겠군요."

"알겠습니다. 그럼……."

곧바로 물러가려는 장노단을 보며 단유휘가 눈살을 찌푸렸다.

"장 시나귀께선 진백고에 구애받지 않은 겁니까?"

분명 이 자는 자신이 아는 시나귀가 아니었다. 그러니 진도운에게서 선엽초로 만든 단약도 받지 못했을 것이다. 그런데 이 자는 아직까지 멀쩡했다.

"진백고가 무엇이오?"

그가 고개를 갸웃거리며 물었다. 그에 단유휘가 짐짓 당황했지만 겉으로는 내색하지 않고 웃었다.

"아닙니다. 장 시나귀가 말한 건 내 대나귀께 직접 전해 드릴 테니 걱정 마시지요."

"그럼 부탁하오."

장노단은 단유휘가 누군지 잘 알기에 별 다른 의심 없이 그곳을 벗어났다.

'양염평 장로님은 내가 모르는 시나귀들을 따로 다룬 건가? 그것도 진백고를 안 먹인 거 보면 그들을 단단히 믿고 있었다는 건데…….'

단유휘는 장노단의 뒷모습을 보며 표정을 굳혔다. 혹시 장노단 말고도 또 자신이 모르는 시나귀가 더 있을 수도 있었다. 그럼 지금 대나귀 자리에서 양염평을 밀어낸 게 꽤 큰 문제가 될 수도 있었다.

'일단은 또 내가 모르는 시나귀가 더 있는지 파악해야겠지.'

그렇다고 장노단에게 물으면 괜한 의심만 받을 터.

단유휘는 양염평에게 직접 묻기로 결심했다. 그리고 장노단의 기척이 멀어져 가 더 이상 느껴지지 않을 때쯤 품속으로 손을 넣어 무언가를 꺼냈다. 손 안에 쏙 들어오는 투명한 구슬이었다.

'헌데, 이게 사곡문과 무슨 연관이 있단 말인가?'

단유휘는 구슬을 만지작거리며 반 년 전의 일을 떠올

렸다.

그때 당시 단유휘는 양염평에게 진도운을 죽였다고 거짓 보고를 올렸고 단유휘는 그 일로 양염평에게 인정받고 정식으로 대나귀를 물려받을 준비에 들어갔다. 그런데 그때 제일 먼저 물려받은 게 바로 그 구슬이었다.

'어디에 쓰이는지는 나중에 알려준다고 하셨는데.'

양염평은 자신의 스승에게 가장 먼저 물려받은 게 그 구슬이라며 자신도 똑같이 그 구슬을 먼저 물려주는 거라 했다. 하지만 그 구슬을 한 번 쓰면 사라지는 것인 만큼 지금 당장 그 용도를 알려줄 수 없다고 했다. 그래서 잘 간직하고 있다가 나중에 온전히 대나귀가 될 때쯤 알려준다고 했다.

'그만큼 중요하단 것인데……. 이걸 어찌 사곡문이 알고 있단 말인가?'

단유휘는 그동안 그 구슬이 오직 대나귀와 관련이 있는 걸로만 알았다. 하지만 오늘 들은 얘기를 보면 대나귀 말고 다른 문파들도 연관이 있는 것 같았다.

'백우결이라면 알지도 모르겠군.'

그 역시 대나귀의 진전을 이어받았으니 이걸 한 번 정도 본 적이 있지 않을까 생각했다. 그래서 그는 양염평을 보러 갔다가 가는 김에 만금성까지 들르기로 결심했다. 이젠 자신이 대나귀이니 백선문을 위협하는 걸 이대로 두고만 볼 수는 없었다.

단유휘는 구슬을 품속에 집어넣으며 백선문을 향해 몸을 틀었다.

‡

진도운은 그날 이른 아침부터 등소현을 데리고 만금성 바깥으로 나와 그 주변에 설치된 구곡관혼진과 환우철사관을 구경시켜주었다. 진도운을 따라 만금성 주변을 한 바퀴 돌고 다시 성문 앞으로 돌아온 등소현은 눈을 깜빡거리며 진도운을 빤히 쳐다봤다.

"저에게 왜 이런 걸 보여주시는 거예요?"

"네가 할 일이 생겼다."

"선엽초를 재배하는 일 말고 또 할 일이 있어요?"

진도운은 그녀의 말을 들은 체도 안하며 구곡관혼진을 가리켰다.

"저 안에 독을 넣고 싶다. 그것도 아주 지독한 독을 넣고 싶다."

앞으로 만금성이 활발하게 움직이면 만금성을 노리는 자들도 많아질 터, 그럼 만금성을 지켜야 하는 수단도 강력해져야 한다. 그래서 제갈세가의 진법 안에 독을 풀어서 다른 사람은 한 발자국도 접근하지 못하게 만들려는 속셈이었다.

"저걸로도 만족 못하는 거예요?"

"본래 경계라는 건 침입한 놈들은 단 한 명도 살아나갈 수 없도록 만들어야 하지. 현세에 살아있는 지옥이라는 소리를 들을 만큼 악독해야 다른 놈들이 건들 생각을 안 하는 것이다."

"……."

말만 들어도 섬뜩했다. 등소현은 등골이 으스스해지는 걸 느끼며 몸을 한 차례 털었다.

"시범적으로 여기가 잘 되면 안휘성 전체로 확장시킬 계획이다. 그러니 진백고처럼 살벌한 독초를 재배해보도록."

"지금 저보고 이 근방에 독을 풀라는 거예요?"

등소현은 어이없다는 듯 목소리를 높였다.

"독초와 함께 만일의 경우에 대비해 해독제도 많이 만들어놔야겠지. 필요한 건 모두 지원해줄 테니 너의 능력을 한번 마음껏 펼쳐보도록."

"살아있는 지옥을 만들라니요! 어떻게 그런 말을 쉽게 할 수 있어요?"

"대신 내가 너의 복수를 해주지."

"……."

말괄량이처럼 날뛰던 등소현의 눈빛이 크게 흔들렸다.

"네가 얌전히 내 말을 따르면 난 사곡문을 이 세상에서 없애주겠다."

"제가 그 말을 어떻게 믿죠? 이미 제게 그 약속을 했다가 어긴 사람이 있는데……."

어차피 진도운은 만금성의 성주로써 사곡문과 부딪히게 되어있었다. 하지만 굳이 그 점을 등소현이 알 필요가 없었다. 그녀를 만금성의 일원으로 만들기 위해서는 마치 그녀 때문에 움직이는 것처럼 보일 필요가 있었다.

"조금만 기다리면 사곡문 놈들이 죽어나가는 모습을 직접 보여주마. 너를 위해서라면 사곡문 따위 얼마든지 없애줄 수 있다."

그때 등소현이 뭐라 입을 열었다. 아니, 입을 연 순간 만금성 안에서 사평호가 잰걸음으로 다가와 진도운에게 서찰을 건넸다. 그 서찰은 반으로 곱게 포개져 있었고 한쪽에 보라색 어금니 문양이 찍혀 있었다.

그 서찰은 사곡문에서 온 것이었다. 진도운은 재빨리 몸을 틀어 등소현을 등지고 서서 그녀가 서찰을 못 보도록 막았다.

'사곡문에서 무슨 일로……'

서찰을 활짝 편 진도운은 그 안에 있는 내용을 읽다가 묘한 표정을 지었다. 서찰 안에는 최대한 정중하게 만금성의 성주를 사곡문으로 초대한다고 적혀 있었다. 그리고 그게 부담된다면 서로의 중간 지점에서 만나자는 내용도 덧붙여 있었다. 그 내용에서 만금성을 배려하는 걸 느낄 수 있었다.

'뭐지?'

진도운은 사곡문의 의중이 궁금했다. 그는 서찰을 접어

다시 사평호에게 건네고선 아무것도 아니라는 얼굴을 하곤 등소현을 쳐다봤다.

"내 생각보다 그 모습을 빨리 보여줄 수 있을 것 같군."

진도운은 그 말만 남기고 사평호와 함께 만금성 안으로 들어갔다. 등소현은 얼떨떨한 표정으로 한동안 그곳에 서 있었다.

만금성 안으로 들어온 진도운의 옆으로 사평호가 바짝 붙었다.

"사곡문에서 뭐라고 합니까?"

진도운은 서찰에 적혀 있는 내용을 그대로 말해주었다. 그걸 모두 들은 사평호도 좀처럼 감을 잡지 못하는 눈치였다.

"무슨 생각으로 만나자고 하는 걸까요?"

"나도 모르겠소."

그래도 확실한 건 서찰에 적힌 내용으로 보아 지금까지는 만금성에 상당히 호의적으로 굴고 있다는 것이었다.

"허면 이 서찰을 무시할 생각입니까?"

"만나자고 하는데 한 번 만나봐야 하지 않겠소? 그렇게 만나보면 결국엔 사곡문 놈들의 의중을 알 수 있을 것이오."

"알겠습니다."

사평호가 읍을 해보이며 진도운에게서 멀어져갔다. 그때 사평호의 귀로 진도운의 목소리가 들어왔다.

[내가 흑객들을 이끌고 직접 갈 것이오.]

그 전음에 사평호가 고개를 끄덕였다.

‡

200년 전만 하더라도 산서성은 백도와 흑도의 문파들이 골고루 분포되어 있었다. 그래서 그때의 산서성은 무림에서 가장 치열한 곳 중의 한 곳이었고 매일 같이 문파 간의 전쟁이 일어났다. 그런 혹독한 정세 속에서 우뚝 일어선 곳이 바로 사곡문이었다.

사곡문은 산서성에서 백도의 문파들을 뿌리 채 뽑았고 그것도 모자라 흑도의 문파들 중에서 대문파들까지 모두 제거했다. 그렇게 그들은 산서성의 완벽한 지배자가 되며 200년 동안 산서성의 패자로 군림해왔다.

하지만 그들이 꼭 멸문만 시킨 건 아니었다. 그들은 흑도의 무림인들 중에서 인재가 있으면 사곡문으로 초빙해서 사곡문의 사람으로 만들었다. 바로 그것이 사곡문의 강점이었다. 그들은 끊임없이 새로운 피를 받아들였고 그 피는 사곡문의 무인들을 자극시키며 사곡문에 활기를 불어넣었다. 그 덕분에 사곡문은 200년 전보다 더 막강한 위세를 떨치고 있었다.

하남성의 중심에 있는 허창이라는 마을로 진도운과 흑객들이 들어섰다. 그들은 만금성과 사곡문의 중간 지점인 이곳에서 사곡문의 사람들을 만나기로 했다. 그래서일까? 사곡문에서는 미리 이곳에 와 주변 정리를 싹 해놓은 듯 약속 장소로 들어서자 마을 사람들이 한 명도 보이지 않았다.

그곳에는 회색 경장에 군청색 장삼을 걸친 무인들이 우르르 몰려있었다. 그 군청색 장삼에는 짐승의 것처럼 뾰족한 어금니가 보라색으로 물들어 박혀 있었다. 그것은 사곡문의 문장으로 그들이 사곡문의 무인들이라는 걸 뜻했다.

'50명 정도인가?'

서로 중간 지점에서 만나는 것인 만큼 약속된 인원만 데려오기로 했다. 그게 50명이었고 진도운 역시 50명의 흑객들만 데리고 왔다.

'약속은 지켰군.'

기감을 넓혀도 숨어있는 사람은 없었다.

진도운은 사곡문의 무인들이 모여 있는 곳 반대편에 흑객들을 대기시켜놓고 안쪽으로 들어갔다. 그 안쪽엔 사방이 뻥 뚫려 있는 누각이 있었고 그 누각 안에 날카로운 인상의 노인이 앉아있었다. 비록 그 노인의 체구는 작았으나 눈빛은 뾰족해서 단순히 바라보는 것만으로도 칼이 깊숙이 들어오는 것 같았다. 헌데, 그 노인이 어울리지 않게 방긋 웃으며 포권을 취했다.

"사곡문의 냉추엽 장로라고 합니다."

그 이름을 듣는 순간 진도운의 눈썹이 묘하게 떨렸다.

'귀사검 냉추엽……. 사곡문에서 제법 신경 써서 사람을 보냈군.'

냉추엽이라면 사곡문 안에서도 배분이 열 손가락 안에 꼽힐 만큼 높았다. 게다가 그는 검으로 귀신까지 죽인다는 말이 있을 만큼 검의 귀재였고 그뿐만 아니라 사곡문 안에서 수많은 후배들을 키워온 걸로 유명했다. 그래서 사곡문 안에서 그를 따르는 사람이 많아 그의 영향력은 그의 배분을 능가한다는 말이 있었다. 그래서 그의 명성은 산서성을 넘어 무림 전역에 퍼져 있었고 진도운 역시 예전부터 그 명성을 익히 들어왔다.

"만금성의 성주, 백우결이오."

진도운은 가볍게 포권을 취하며 말했다.

"소문만 무성한 만금성의 성주님을 드디어 직접 만나 뵙게 되는구려."

그는 인자하게 웃으며 누각 안으로 진도운을 들였다. 누각 안엔 작은 다과상이 마련되어 있었으나 진도운은 찻잔에 손도 대지 않았다.

"나를 이리 부른 이유가 무엇이오?"

진도운은 서로 마주보고 앉자마자 본론을 꺼냈다. 그 말에 찻잔에 차를 따르던 냉추엽이 지그시 웃었다.

"뭐가 그리 급하십니까? 먼 길 오셨을 텐데, 차라도 한

잔 하시면서 한숨 돌리지요."

"……."

하지만 진도운은 찻잔에 눈길 한 번 주지 않고 냉추엽이 찻잔을 다 비울 때까지 빤히 쳐다봤다.

냉추엽은 그 냉담한 시선을 받으며 기어코 찻잔을 다 비웠다.

"침묵은 사람의 감정을 드러내는 법이지요."

"그렇소?"

"저는 방금 성주님의 눈빛에서 어떤 적의를 느꼈습니다. 그래서 차를 마시며 곰곰이 생각해보았습니다. 하지만 아무리 생각해봐도 제가 딱히 성주님의 적의를 살만할 일을 한 것 같진 않더군요."

그에 진도운의 눈빛이 부드러워졌다.

"요 며칠 만금성을 탐내는 놈들만 상대하다보니 나도 모르게 낯선 사람을 보면 적의가 들더이다. 그리고 갑자기 잘 해주는 사람들을 보아도 마찬가지이고……."

"성주님의 심정을 십분 이해합니다. 하지만 저는 만금성과 척을 지고자 여기까지 나온 게 아닙니다."

"알고 있소."

지금까지 사곡문이 보인 행동으로 보자면 만금성에 상당히 호의적이었고 그것만 봐도 사곡문이 얼마나 만금성에 호감을 갖고 있는지 알 수 있었다.

"저는 장문인의 뜻을 전달하고자 이 자리에 나왔습니다."

"장문인의 뜻이라……. 사곡문의 장문인께서 직접 이 자리에 나올 수 없는 이유라도 있소?"

"지금 장문인께서는 다른 일로 출타 중이시라 실례를 무릅쓰고 제가 왔습니다. 성주님께서 너그러이 용서해주시기를 바랍니다."

사실 냉추엽도 성주가 직접 나오리라 예상하지 못했다. 성주를 초대하긴 했지만 그래도 처음 보는 자리인 만큼 안전이 확인되지도 않은 자리이기에 만금성 측에서는 그 대리인을 내세울 거라 예상했다. 그래서 냉추엽은 내색하지 않았지만 뭔가 허를 찔린 기분이었다.

"사곡문의 장문인이 나를 부른 이유가 무엇이오?"

"장문인께서는 만금성과 함께 하고 싶습니다."

"결맹을 맺고 싶다는 것이오?"

"그 이상입니다."

진도운이 멈칫했다.

"설마 지금 산서성을 집어삼킨 것처럼 만금성도 갖겠다는 것이오?"

"그럴 거였으면 이리 따로 자리를 마련하지도 않았을 겁니다. 그저 만금성과 사곡문이 동등한 위치에서 하나로 합쳐지길 바랍니다."

예상치 못한 말에 진도운의 고개가 삐딱하게 돌아갔다.

"두 문파를 합치자는 것이오?"

"정확히 말하면 두 문파만 합치는 게 아닙니다. 흑도의

다른 문파들도 같이 움직이기로 했습니다."

그 말을 듣는 순간 진도운은 구현회를 떠올렸다.

"구현회처럼 흑도의 무림맹을 만들려는 것이오?"

"아닙니다. 우리는 일파(一派)를 만들고자 합니다."

그 말에 놀란 듯 진도운의 동공이 확장됐다.

"무림에서 제일 거대한 문파를 만들겠다는 것이오?"

"그렇습니다. 작금의 무림에서 하늘이라 떠받드는 구야
혈교를 뛰어넘을 그런 문파를 만들 생각입니다."

그런 일은 문파 한 두 곳이 규합한다고 되는 게 아니었
다. 모르긴 몰라도 사곡문처럼 대문파들 사이에서도 손꼽
히는 쟁쟁한 문파들이 이 일에 끼어들었을 것이다. 그건 지
금 자신에게 제의를 한 것만 봐도 짐작할 수 있었다.

'이건 예상하지 못했다.'

설마 사곡문이 이런 움직임을 보일 줄은 몰랐다. 그건 진
도운의 얼굴에 동요가 생길 만큼 큰일이었다.

"장문인께서는 만금성이 우리와 함께하기를 바랍니다."

"분명 이 일에 합류하는 문파들은 사곡문처럼 대문파들
일 것이오."

"……."

냉추엽은 굳이 그 말에 대답하지 않았다.

"헌데, 그 많은 대문파들을 모아놓고 누가 이끈단 말이
오? 말 그대로 일파를 만들겠다는 건데 그럼 구현회처럼
회주를 선출하는 게 아니잖소."

"……."

"결국엔 장문인이 따로 있다는 것이 아니요? 하지만 그 많은 용과 호랑이들을 모은다고 하더라도 제대로 된 주인이 나타나지 않으면……."

"이미 주인은 정해져 있습니다."

냉추엽은 지그시 웃으며 말했다. 그에 진도운의 눈빛이 날카롭게 빛났다.

"설마 사곡문의 장문인이 그 주인이란 소리요?"

"아닙니다. 본 문의 장문인이나 다른 장문인들도 결국엔 그 분의 부하가 되는 겁니다."

"도대체 그 분이 누구요?"

흑도의 대문파들을 규합해서 발 아래로 둔다니……. 진도운은 그 자가 누군지 궁금했다.

그에 냉추엽은 품속에서 작은 종이 하나를 꺼내 내밀었다. 그 종이 안에는 투명하고 둥그런 구슬이 그려져 있었다.

"……."

진도운의 눈빛이 흔들렸다. 그 구슬은 만금성의 금역비고에 있던 유일한 물품이자 이세연이 구현회에서 탈취하려고 했던 것이었다. 지금도 자신의 품 안에 그 2개의 구슬이 고이 있었다.

"장문인께서 이걸 아시냐고 물어보라고 하셨습니다."

"알고 있소."

진도운은 어쩌면 이 구슬의 정체를 알 수 있는 기회라고 여겨서 사실대로 말했다.

"이 구슬이 있다면 만금성도 우리와 함께할 자격이 있소."

"만약 그 구슬이 없었다면……."

"지금처럼 정중히 대하진 않았을 것이오."

진도운의 뺨이 씰룩거렸다.

"도대체 이 구슬이 무엇이란 말이오?"

"저도 모릅니다. 그 구슬은 오직 본문의 장문인께서만 알고 계십니다."

"그럼 아무것도 모르고 무작정 사곡문의 제의를 받아들이라는 것이오?"

냉추엽은 고개를 저었다.

"그럴 리가 있겠습니까? 조만간 성주님께 본 문이 추진하는 일의 결실을 보여드리겠습니다. 그 결실을 보시고 나면 성주님께서도 마음이 우리 쪽으로 움직일 거라 확신합니다."

진도운은 피식 웃었다.

"내 대답이 듣고 싶소?"

"지금 당장 대답하라는 얘기가 아닙니다."

진도운은 설렁설렁 고개를 끄덕이다가 마침내 다 식은 찻잔을 들었다.

"헌데, 왜 본 성을 끼는 것이오? 본 성은 흑도의 문파도 아닌데 말이오."

진도운은 차를 한 모금 마시며 말했다. 이젠 차가 다 식어서 향도 다 죽어 있었다. 하지만 진도운은 그 찻잔을 손에서 놓지 않았다.

"여러 문파가 하나로 규합하는 일입니다. 새로운 터전도 준비해야 하고 중원 각 지에 분타도 설치해야 합니다. 그러니⋯⋯."

"돈이 많이 들 것이다?"

"그렇습니다. 그리고 최근에 만금성의 행보 또한 저희와 함께 할 문파로써 손색이 없다고 생각했습니다."

냉추엽은 솔직히 말했고 진도운은 알겠다는 듯 고개를 끄덕이며 차를 또 한 모금 마셨다.

"너무 갑작스러워서 당황스럽소."

"우리로썬 만금성이 우리와 함께 할 자격이 충분하다고 생각했습니다. 그래서 나름 우리들끼리 오랜 시간 회담을 나눈 끝에 이리 제의를 드리는 겁니다."

"헌데, 만약 내가 그 제의를 거부한다면 어떻게 되는 것이오?"

"별 일이야 있겠습니까?"

냉추엽은 방긋 웃으며 말했지만 그 미소에서 가시가 느껴졌다.

"이런 얘기는 사곡문의 장문인과 마주 보고 하고 싶소."

"말씀드렸다시피 지금 장문인께서는⋯⋯."

"걱정 마시오. 사곡문의 장문인은 내 방식대로 만날 테니."

진도운은 다시 찻잔을 입에 대며 말을 이었다.

"시작해라."

나직한 그의 목소리에 멀리 떨어져 있던 흑객들이 일제히 검을 뽑아들더니 사곡문의 무인들을 향해 덤벼들었다.

"크윽!"

"윽!"

채채채챙!

그에 놀란 사곡문의 무인들도 재빨리 무기를 뽑고 흑객들에 맞섰다. 하지만 흑객들이 워낙 기습적으로 공격했기에 그곳에 모인 사곡문의 무인들 중 삼분지 일이 순식간에 흑객들의 검을 맞고 비틀거렸다. 헌데, 신기한 건 흑객들의 검은 치명상을 내지 않고 그저 팔이나 다리 등 거동이 불편하게 만드는 부분만 노렸다.

하지만 그런 것들이 눈에 들어올 리 없는 냉추엽은 얼굴이 빨개져서 소리쳤다.

"이 무슨 짓이오!"

누각 안에서 그의 목소리가 울려퍼졌다. 하지만 진도운은 그 소리를 무시하고 나머지 차를 들이켰다. 그러자 냉추엽이 벌떡 일어서며 허리춤에서 검을 뽑았다.

차앙!

날카로운 음향이 터지며 진한 검광이 날을 드러냈다. 동시에 냉추엽의 전신에서 살벌한 기세가 검을 타고 흘러나왔다. 하지만 정작 그 검 끝에서 그가 뿜어내는 기운을 고스란히 맞고 있는 진도운의 표정은 미동도 없었다. 그리고 그는 그 편안한 표정으로 천천히 차를 들이마셨다.

냉추엽이 눈썹이 파르르 떨렸다. 지금 그는 한쪽에서 사곡문의 무인들이 흑객들의 검에 무참히 쓰러지는 걸 보고 있었다.

'어찌 저리 허무하게 밀린단 말인가?'

사곡문에서 제법 한다는 놈들로 추려서 왔건만 제대로 손도 못 써보고 밀리고 있었다. 그나마 불행 중 다행으로 땅에 쓰러진 사곡문의 무인들 중에 죽은 사람은 없었다.

"언제까지 칼을 겨누고만 있을 건가?"

진도운은 나직이 말했다. 그 말에 자신도 모르게 몸을 움찔 떤 냉추엽은 한 걸음 내딛으며 수중의 검을 찔러 넣었다. 서슬 퍼런 검광이 한 줄기 빛살처럼 나아갔다. 그리고 일정 공간 안에 들어서자 속도가 배로 빨라졌다. 그것은 사곡문의 검법, 사곡관혼검이었다.

타앙!

진도운은 손가락을 튕겨 냉추엽의 검 끝을 쳤다.

"……!"

냉추엽의 검이 바깥쪽으로 크게 빠지며 그 검을 따라 냉추엽의 몸도 옆으로 휘청거렸다. 그는 헛바람을 들이키

天沐鬼王 4

며 손을 부르르 떨었다. 순간적으로 검이 옆으로 엇나가면서 손아귀가 찢어질 것처럼 벌어졌기 때문이다. 하지만 이내 땅을 박차고 뒤로 훌쩍 물러나면서 균형을 다시 잡았다.

'어찌 이럴 수 있단 말인가!'

사곡관혼검은 중간에 속도가 늘어나는 변화를 줘서 대부분이 검을 움직인 걸 본 순간 대항할 틈도 잡지 못하고 그대로 머리가 꿰뚫렸다. 헌데, 그걸 진도운은 손가락 하나로 가볍게 막아냈다.

진도운은 찻잔을 바닥에 내려놓았다. 그러자 냉추엽이 자신도 모르게 한 걸음 물러서며 몸을 낮췄다. 그의 눈빛이 사납게 타오르며 그의 검 끝이 진도운을 겨누었다.

진도운은 자리에서 일어나 뒷짐을 쥔 채 저 멀리서 싸우고 있는 흑객들을 바라봤다.

"그래도 사곡문이라고 흑객들을 상대로 제법 버티는군."

사곡문의 무인들은 벌써 반 이상이 땅바닥에서 나뒹굴고 있었지만 사실 그 정도면 흑객들을 상대로 제법 버틴 것이었다. 남궁세가의 무인들은 흑객들의 검에 소리도 없이 죽어나갔는데 이들은 그래도 흑객들의 검을 한 번씩은 막고 있었다. 하지만 그게 다였다. 흑객들의 검 앞에 사곡문의 무인들은 다리가 베이고 팔이 베이고 전투 불능 상태가 되어 땅바닥에서 뒹굴었다.

'어디서 저런 무공을…….'

흑객들을 보는 냉추엽의 눈빛이 크게 흔들렸다. 저들이 펼치는 무공은 생전 듣도 보도 못한 무공들이었다.

"흑도의 문파들을 규합해서 하나의 문파로 만든다? 누구 생각인지 몰라도 참으로 무모하군."

진도운은 말했다.

"가능성이 없다면 우리는 애초부터 이 일에 끼지도 않았을 것이오."

"그래. 바로 그 점이 의문이란 말이지. 사곡문이 뭐가 아쉬워서 다른 문파와 섞이는 것도 모자라 남 밑에 들어간단 말인가?"

진도운은 냉추엽을 쳐다보며 말했다.

"지금 성주가 저지른 일 또한 무모하오."

"철마방 놈들도 너처럼 말했다가 멸문 당했지."

"우리는 철마방 따위와 다르오."

그의 말이 옳았다. 사곡문은 철마방과 급이 다른 문파였다. 헌데, 그런 문파가 어째서 힘없는 군소방파들이나 하는 짓거리를 한단 말인가?

"그 자가 누군지 궁금하군."

사곡문처럼 막강한 문파가 스스로 부하가 되겠다고 자처하는 '그 분'이 누군지 궁금했다. 도대체 누구길래 사곡문을 비롯한 흑도의 대문파들이 알아서 밑으로 들어간다는 건가?

냉추엽은 뭔가 각오를 한 듯 인상을 굳혔다.

"그 분은 아까 내가 보여줬던 구슬의 주인이오."

"그 구슬의 주인이라고?"

"그렇소. 그러니 지금이라도 성주의 수하들을 물리고……."

그때였다. 진도운은 성큼성큼 다가갔다. 그에 놀란 냉추엽이 몸을 뒤로 날려 누각 밖으로 빠져나왔다. 헌데, 그 순간 손 그림자 하나가 눈앞에서 아른거리는 게 아닌가?

까앙!

검을 들어 그 수영(手影)을 막은 냉추엽은 몸 전체를 뒤흔드는 충격을 느끼고 얼굴을 일그러뜨렸다.

'엄청난 내공이다.'

막아도 이 정도 충격이면 제대로 맞았다간 일격에 죽을 수도 있다는 생각이 들었다. 헌데, 그가 검을 내리기도 전에 진도운의 신형이 코앞에서 솟아나는 게 아닌가?

냉추엽은 얼굴이 하얗게 질려서 다시 뒤로 몸을 날렸다.

콰득!

그 순간, 냉추엽의 손목을 진도운의 손이 잡아챘더니 확 잡아당겼다.

"흡!"

냉추엽의 몸은 낙엽처럼 팔랑거리며 누각 안으로 날아갔다. 심지어 누각 바닥에 데굴데굴 구른 냉추엽은 재빨리 일어섰다. 헌데, 손이 가볍다.

"이걸 찾나?"

어느새 누각 안으로 들어온 진도운이 수중의 검을 흔들 며 말했다.

"언제……."

방금 전까지 자신이 꽉 쥐고 있던 검이 지금 진도운의 손에 잡혀 있었다. 그건 얼굴을 들 수 없을 만큼 치욕스런 일이었다.

냉추엽의 얼굴은 빨갛게 달아올랐다. 지금 온몸을 뒤엎은 수치심 때문에 진도운을 손으로 찢어 죽여도 시원치 않을 것 같았다. 하지만 방법이 없었다. 서로 간 무위의 차이는 명백했다.

'끝난 건가?'

어느새 반 남아있던 사곡문의 무인들까지 모두 땅바닥에 구르고 있었다. 반면 흑객들은 멀쩡히 서서 누각 안을 지켜보고 있었다.

"원하는 게 무엇이오?"

죽이려 했으면 진즉에 죽였을 것이다. 헌데, 자신과 같이 온 사곡문의 무인들을 살려둔 것 보면 아무래도 딴 생각이 있는 것 같았다.

"너에게 원하는 건 없다."

진도운은 하얀 이를 드러내며 웃었다.

"그럼……."

"말했잖아. 사곡문의 장문인과 마주 보고 얘기할 거라고."

진도운은 말을 하며 한 발자국 내딛었다. 그와 동시에 그

의 온몸에서 파지직 거리는 소리와 함께 귀살류의 살기가
일어났다.

콰콰콰콰쾅!

그의 몸을 따라 일어난 귀살류의 살기가 쭉 뻗어나가더
니 누각 한 모퉁이를 날려버렸다.

파직, 지지직!

모퉁이가 날아간 곳에 잔여 살기가 남아 대기 속을 떠돌
아다녔다. 그리고 그 속에서 냉추엽이 입을 쩍 벌린 채 서
있었다. 그의 옷은 넝마가 돼서 너덜너덜 거렸고 그의 피부
는 화상이라도 입은 것처럼 빨갛게 달아올라 있었다.

"끄으……."

그는 눈을 부릅뜬 채 한 번도 깜빡이지 않았다. 마치 정
신이 나간 사람처럼 그 상대 그대로 신음소리만 길게 내뿜
었다. 이내 그의 입에선 피가 주르륵 흘러나오며 그의 손이
희미하게 떨렸다.

반쯤 넋이 나가있는 냉추엽을 보며 진도운은 흡족한 미
소를 지었다.

"그래. 이 정도면 사곡문 놈들이 발끈해서 달려들겠군."

진도운은 냉추엽의 허리춤에 묶여 있는 검집을 빼서 그
안에 검을 집어넣었다. 그리곤 냉추엽의 너덜거리는 옷자
락을 찢어 검 끝에 묶고 그 옷자락에 냉추엽의 목도 묶었
다.

"가자."

진도운은 검집을 든 채 누각 밖으로 걸어갔고 그 검집에 묶여 있는 냉추엽은 옷자락이 목을 꽉 조이는 걸 느끼며 켁켁 거렸다. 그리고 땅바닥에 끌리지 않기 위해 빠른 걸음으로 진도운을 따라가야 했다. 그러다가 진도운이 속도를 높이면 몸이 넘어질 것처럼 휘청거려서 개처럼 네 발로 땅바닥을 기었다.

그건 검을 뺏긴 것보다 치욕스러운 일이었다. 하지만 수치심이 고개를 들면 귀살류의 살기가 남기고 간 전율이 온몸을 훑고 지나갔다. 그래서 그는 아무런 반항도 못한 채 끌려다닐 수밖에 없었다.

‡

산서성의 성도인 태원에서 아래쪽으로 내려오면 태곡이라는 마을이 있다. 하지만 그곳은 태곡이란 이름보다 사곡이란 이름으로 더 유명했다. 바로 그 마을 한 가운데에 사곡문이 있었기 때문이다.

드높은 담장에 고루 퍼져 있는 수많은 전각들까지. 웬만한 대문파 2, 3개는 합쳐놓은 규모여서 마을 밖에서도 사곡문을 볼 수 있었다.

그 거대한 세상 한 가운데에 갈색 기왓장으로 뒤덮인 전각 한 채가 있었다. 그 안엔 정갈하게 옷을 차려입은 중년인이 창문 앞에 서있었다. 그는 얇고 기다란 눈썹에 부리부리한 눈을 가졌고 호리호리한 체격에 피부는 구릿빛으로 그을려 있었다. 그가 바로 이 거대한 세상을 움직이는 사곡문의 장문인, 목양수였다.

목양수는 검귀라는 별호를 달 만큼 검을 잘 썼다. 사곡문 자체가 주로 검을 다루는 문파이긴 했으나, 목양수는 그 중에서도 특출 났다. 그래서 어려서부터 많은 주목을 받으며 40대라는 이른 나이에 사곡문의 장문인이 되었다. 그리고 목양수는 사곡문 역사상 가장 많은 신진 고수들을 끌어들이며 사곡문을 한 층 더 강성하게 키웠다.

목양수는 뒷짐을 쥔 채 창밖을 바라보고 있었다. 그런 그의 눈에 이쪽으로 급히 다가오는 노인이 보였다. 그리고 얼마 지나지 않아 문밖에서 늙수그레한 목소리가 들렸다.

"장문인. 추도문입니다."

"들어오시오."

드르륵, 문 여는 소리가 들리고 백발이 성성한 노인 한 명이 들어왔다. 그는 굉장히 날카로운 눈매에, 등에 가늘고 긴 검을 차고 있었다.

"냉추엽 장로는 아직도 소식이 없소?"

"지금쯤 올 때가 됐으니 곧 나타나겠지요."

"알겠소."

목양수가 고개를 끄덕이며 침음을 삼켰다.

"만금성에서 본 문의 제의를 거절할까봐 걱정 되십니까?"

"이번 한 번에 만금성에서 그 제의를 받아들일 거라 생각하지 않소."

반대로 생각해도 마찬가지였다. 갑자기 나타나서 하나의 문파로 규합하자고 하면 자신도 거부할 것이다.

"그럼……."

"만금성이 믿고 따라와야 할 만한 미래를 보여줘야 하지 않겠소?"

"굳이 그렇게 만금성을 설득할 필요 있습니까? 만금성의 재물이 필요하다면 그냥 쳐들어가서 뺏는 게 나을 수도 있습니다."

"필시 만금성에도 그 구슬이 있을 터, 그럼 우리와 함께할 자격이 있다는 뜻이오. 자격을 갖춘 사람에겐 마땅한 대우를 해줘야하지 않겠소?"

추도문은 알겠다는 듯 고개를 끄덕였다. 하지만 이내 긴한숨을 내쉬었다.

"최근 들어 만금성의 위세가 대단합니다. 쉽게 넘어오진 않을 겁니다."

"우리의 원대한 계획을 보게 되면 만금성 역시 우리를 따를 것이오."

"만약 만금성이 본 문의 얘기를 듣지도 않으려 한다면……."

목양수는 창밖을 바라보며 지그시 웃었다.

"그래서 냉 장로를 보내지 않았소?"

냉추엽이 사곡문의 미래를 키워냈다는 말까지 있을 만큼 사곡문 안에서 냉추엽을 거쳐 가지 않은 제자가 없었다. 목양수 또한 한때 그의 밑에서 무공을 배웠을 정도였다. 그래서 무림에 냉추엽을 잡으면 사곡문의 미래가 꺾인다는 소리까지 나돌았다. 그런 냉추엽을 협상하는 자리에 내보냈다는 건 사곡문으로써 엄청난 호의를 보인 것이었다.

"냉 장로를 보냈으니 일단은 만금성 측에서 마냥 거부할 것 같진 않습니다."

추도문 역시 굉장히 긍정적으로 보고 있었다. 그만큼 냉추엽이 주는 신뢰감은 컸다.

"그렇소. 최소한 우리들의 얘기는 한 번쯤 들으려고 할 것이오."

그 한 번이면 됐다. 그 한 번에 자신이 이뤄온 결실을 보여주면 만금성도 자신들의 계획에 동참할 것이라.

"장문인!"

그때 갑자기 문밖에서 다급한 목소리가 튀어나왔다.

"무슨 일이냐?"

추도문이 대신 말했다. 그에 문이 열리며 젊은 청년이 안으로 들어와 한쪽 무릎을 꿇고 고개를 숙였다.

"죄송합니다. 급한 일이어서 이리 실례를 무릎 쓰고 왔습니다."

"괜찮다. 무슨 일인지 말해보아라."

목양수는 계속 창밖을 바라보며 말했다.

"지금 본 문 밖에 냉 장로와 같이 떠났던 본 문의 제자들이 웬 검은 옷을 뒤집어 쓴 놈들에게 잡혀 있습니다."

"뭣이라?"

목양수가 날카롭게 눈빛을 쏟아 붙이며 뒤돌아보았다. 그에 젊은 청년은 더 깊이 고개를 숙였다.

"아무래도 밖으로 나오셔서 직접 보셔야 할 것 같습니다."

그 말에 목양수와 추도문이 동시에 바깥으로 몸을 날렸다.

목양수와 추도문이 사곡문의 정문 밖으로 나왔다. 그들을 따라 소식을 들은 사곡문의 무인들도 우르르 몰려나왔다. 그리고 저 멀리서 땅바닥에 무릎을 꿇고 있는 열 명의 사곡문 무인들과 그들의 목에 칼을 갖다 댄 채 그들의 뒤에 서있는 열 명의 흑의인들을 보았다.

"저들은 누구냐?"

목양수가 물었다. 하지만 아무도 대답하지 못했다. 검은 천을 돌돌 말아 온몸을 가리고 검은 방갓을 깊게 눌러써서 얼굴을 가린 자들, 그들이 흑객이란 걸 아는 사람은 없었다.

"네 놈들은 누구길래……."

목양수가 표정을 굳히며 앞으로 나왔다. 그러자 무릎 꿇

고 있는 사곡문 무인들의 상태가 선명하게 보였다. 그들은 점혈을 당한 채 팔과 다리에 상처를 입고 꿈쩍도 못하고 있었다. 그리고 그들의 얼굴을 보자 목양수의 눈이 파르르 떨렸다. 듣던 대로 그들은 냉추엽을 따라 만금성과 협상하는 자리에 내보냈던 사곡문의 제자들이었다.

'설마, 만금성에서……'

목양수는 주위를 둘러봤지만 그들 말고 다른 사람은 발견하지 못했다.

'나머지는 만금성에 잡혀있는 건가?'

그때였다.

"뭣들 하는 짓이냐!"

목양수가 호통을 치며 앞으로 나오자, 저 멀리 떨어져 있는 흑객들이 동시에 사곡문 무인들의 목을 베었다.

촤악!

땅에 피가 뿌려지며 열 명의 머리통이 땅바닥에 떨어졌다. 그리고 머리를 잃은 몸들이 앞으로 고꾸라졌다.

"안 돼!"

목양수가 얼굴이 새빨개져서 소리쳤다. 하지만 흑객들은 그의 말은 들은 척도 안하며 뒤로 한 발자국씩 물러나는가 싶더니 그 자리에서 사라졌다. 하지만 한 흑객만이 남아 품속에서 종이 한 장을 꺼내 시체 위에 올려놓고 한발 늦게 사라졌다.

목양수가 질풍처럼 몸을 날리며 손을 뻗었다. 하지만 이미 흑객들은 사라지고 난 뒤였다. 그래서 목양수의 손은 시체 사이에 떨어져 있는 종이를 집었다.

규합하기로 한 문파의 명단을 만들어서 만금성으로 보내라.

그 종이에 딱 한 줄만 적혀 있었다. 그걸 읽자마자 목양수는 손을 부들부들 떨었다.

"만금성 놈들……."

그는 치솟는 분노를 가까스로 억누르고 차분하게 그 종이를 다시 들여다봤다. 그리고 이런 글을 남긴 의중을 생각해봤다.

"추 장로께선 만금성이 왜 이리 나온 거라 생각하시오?"

목양수는 어느새 이 근처로 다가온 추도문을 향해 종이를 건네며 물었다. 추도문 역시 그 종이를 받고 불같이 타오르던 눈빛을 감추었다.

"단순히 궁금해서 이런 짓을 벌였을 일은 없고……."

"보통 우리 같은 대문파들이 규합한다고 하면 알아서 기거나 어떻게 해서든 그곳에 끼려고 해야 정상 아니오?"

"그렇습니다."

"그런데 이렇게 적대적으로 나왔다는 건 평소에도 사곡

문에 적의를 품고 있었다는 뜻인데."

목양수는 아무리 머리를 굴려 봐도 만금성과 척을 질
만한 일을 떠올리지 못했다. 오히려 만금성은 자신들에
게 호의적이라 생각했다. 만금성이 최근에 자금을 끊겠
다고 공포했어도 사곡문은 불만을 내보인 적이 없기 때문
이다.

"추 장로."

"예."

"지금 당장 만금성과 본 문이 연관된 일을 다 찾아보시
오. 만금성과 연관된 건 아주 사소한 거라도 좋소."

금세 냉정을 되찾은 목양수를 보며 추도문이 읍을 해보
였다.

"알겠습니다."

추도문은 곧장 문파를 향해 몸을 날렸고 목양수는 그 자
리에 남아 다른 제자들이 그 시신들을 수습할 때까지 기다
렸다.

바로 그날 밤, 목양수가 방 안에서 호롱불 하나를 켜놓은
채 차분히 앉아있었다.

'만금성이 왜…….'

분명 만금성이 저런 일을 벌인 건 충격적이었다. 하지만
그 원인을 찾아야 했다. 그래야지만 일을 바로 잡을 수 있
었다.

"장문인."

문득 문 밖에서 추도문의 목소리가 들렸다.

"들어오시오."

그 말에 추도문이 안에 들어와 목양수의 맞은편에 앉으며 심각하게 표정을 굳혔다.

"만금성과 관련된 걸 반나절 넘게 찾아봤습니다."

"뭐가 나온 게 있소?"

"딱 한 가지 나온 게 있습니다."

"그게 무엇이오?"

"오래 전에 만금성에서 부탁을 한 적이 있습니다. 하지만 그걸 본 문에서 거절했습니다."

목양수의 눈썹이 크게 꿈틀거렸다.

"그런 적이 있었소? 나는 처음 들어보는구려."

"그때는 장문인께서 젊었을 적 일이라……."

"만금성에서 무슨 부탁을 했소?"

아무런 조건 없이 자금을 융통하던 만금성이 부탁을 했다면 필시 중요한 일이었으리라.

"어떤 여인을 죽인 흉수를 찾아달라는 부탁을 했습니다."

"별로 어렵지 않은 일이잖소. 그걸 왜 거절했단 말이오?"

사곡문의 인력이라면 무림의 누구라도 추적할 수 있었다. 헌데, 그걸 거절하다니……. 추도문 역시 머뭇거리다가

입을 열었다.

"본 문이 엮인 싸움에 휘말려 죽은 여인입니다."

"……."

목양수는 굳게 입을 닫았다. 그제야 만금성의 부탁을 거절한 이유를 알 것 같았다.

"애초에 무림인들의 싸움에 휘말려 죽은 여인을 찾는 것도 불가능한 일일뿐더러, 괜히 찾았다가 본 문의 제자가 죽인 걸 수도 있으니……."

"그것 말고 다른 연관점은 없소?"

"애초에 만금성이 워낙 은밀하게 살아서 다른 문파와 접촉 자체를 꺼리다 보니 그것 말고는 연관된 것 자체가 없습니다. 사실 그때 부탁했던 것도 상당히 이례적이었던지라……."

"그럼 그 여인이 만금성의 입장에선 중요한 인물이었을 것이오. 그렇지 않았다면 애초에 찾아달라고 하지도 않았을 테니."

"하지만 아주 오래 전 일입니다. 이제는 기억도 안 나는 일인데, 설마 그것 때문에 본 문의 제자를 죽였단 말입니까?"

"때론 평생이 지나도 잊지 못하는 것이 있는 법이오."

목양수의 얼굴이 조금은 가볍게 돌아왔다. 어찌 됐든 그 원인을 알게 되었으니 한결 속이 편해진 것이라.

"허면, 어쩌실 생각입니까?"

"어찌 됐든 본 문을 건드렸으니 그 대가는 치러야 하지 않겠소?"

목양수는 예리한 눈빛을 쏟아내며 말을 이었다.

"본 문의 제자가 10명이 죽었소. 그럼 만금성의 제자는 100명이 죽어야 하오."

"알겠습니다."

"그리고 안휘성에 머무는 사람들도 주인을 잘못 만난 대가는 치러야 할 것이오. 그들 역시 죽이도록 하시오."

그 문파를 흔들기 위해선 그 문파가 보호하고 있는 지역도 같이 공격하면 된다. 그럼 그 문파는 자기 지역을 보호하랴, 자기 문파를 보호하랴 정신없이 끌려다니기만 할 것이다.

"일반인들까지 잡아오란 말씀이십니까?"

추도문이 슬쩍 고개를 들며 물었다.

"우리가 언제 일반인이건, 무림인인건 가린 적 있소? 일반인들의 시체는 놔두고 만금성 놈들의 목만 가져와 본 문 앞에 걸어두시오."

"알겠습니다. 그럼 몇 부도까지 움직이실 생각이십니까?"

"1부도부터 3부도까지 움직이라 하시오."

추도문은 절도 있게 고개를 숙였다.

"명을 따르겠습니다."

이내 추도문이 일어나 방 밖으로 나갔다. 그리고 얼마 뒤

에 회색 경장에 새카만 장포를 걸친 노인이 한 명 들어왔다. 그 노인은 나무껍질처럼 메마른 피부에 툭 튀어나온 턱을 가졌다. 헌데, 주름이 자글자글한 얼굴 속에 인자한 표정이 묻어 나와서 겉으로만 보면 촌부(村夫)가 따로 없었다. 하지만 그가 바로 사곡문 최고 고수인 혈사마검 손지백이었다.

"어르신."

장문인인 목양수조차 그를 보고 자리에서 일어날 정도였다.

"허어. 장문인께서 어찌 일어난단 말입니까? 제가 올 때마다 그러시면 이 노부가 불편해서 어찌해야 할 지 모르겠습니다."

그 말에 목양수는 지그시 웃으며 건너편에 손을 내밀었다.

"여기 앉으시지요."

목양수와 손지백은 서로 마주보고 앉았다. 손지백은 앉자마자 어린 아이처럼 상체를 흔들거리며 가벼이 웃었다.

"장문인께서 1부도부터 3부도까지 움직이라는 명을 내렸다고 들었습니다."

사곡문은 1부도부터 12부도까지 열두 개로 이루어진 조직으로 이루어져 있었다. 사곡문의 제자라면 누구나 그 안에 들어가 있었고 그 앞에 딸린 숫자가 높을수록 고수라는 걸 뜻했다. 그리고 한 부도 당 80명부터 100명 사이까지 무려 천 명에 이르는 제자들이 그 열두 조직에 들어가 있었었다.

"만금성이 시끄럽게 짖어 대서 살짝 길들여볼까 합니다. 가볍게 목줄 정도만 채우는 건 어떨런지요."

목양수가 나직이 말했다.

"목줄이라……. 사나운 개는 짖지 못하도록 입에 재갈이라도 채워야 하지 않겠습니까?"

"재갈까지는 필요 없습니다. 그저 목줄만 채우면 됩니다."

"만금성 놈들이 본 문의 제자들을 죽였다고 들었는데 목줄만 채우시겠다고 한다면……. 장문인께서는 어지간히도 만금성이 마음에 들으셨나 봅니다."

"아시다시피 우리의 일을 성공시키려면 만금성의 재물이 필요합니다. 그 재물을 모두 가지려면 만금성을 없애거나, 아니면 뜻을 함께 하는 수밖에 없는데, 만금성을 없애는 건 우리 측에도 꽤 피해를 입을 것 같군요."

"그렇습니까?"

손지백 역시 그간 만금성의 위명을 들어왔기에 별 다른 말은 하지 않았다.

"그래도 뜻을 모으려면 어느 정도 만금성을 길들여야겠지요. 다음에도 이런 일이 생기지 않도록 말입니다."

"그래서 3부도부터 1부도까지 움직이는 겁니까?"

"그렇습니다."

보통 12부도에서 9부도까지는 본인 수련에 열중하고 8부도부터 4부도까지가 본격적으로 사곡문의 일을 도맡아 했다. 그리고 3부도부터 1부도까지는 문파에 위급한 일이 생기지 않는 한 절대로 움직이지 않았다. 그들은 오직 장문인만이 움직일 수 있었고 그들이 한 번 움직이면 그곳엔 피가 마르지 않는다는 말이 있을 만큼 그들은 명성은 대단했다. 그리고 그 중에서 가장 강한 1부도의 대장이 바로 손지백이었다.

"만금성의 사람 100명과 안휘성의 일반인들을 몇 놈 죽이라고 들었습니다."

"안휘성에 있는 일반인들은 얼마든지 죽여도 상관없습니다. 하지만 만금성의 무인은 딱 100명만 죽여야 합니다."

자신들을 건들면 10배로 되갚는 것이 사곡문의 신조였고 지금까지 단 한 번도 어긴 적이 없었다. 그걸 어긴다는 건 무림에서 얕보일 수가 있기 때문이다.

"아직 40명의 제자들과 냉 장로가 잡혀 있다고 들었습니다."

"지금은 생사가 확인되지 않으니 일단은 100명이면 될 것 같군요."

"제가 출정한 도중에 또 본 문의 제자가 죽는다면……."

"10배로 되갚으면 됩니다."

손지백이 씩 웃었다.

"알겠습니다."

손지백은 묘한 미소를 지으며 계속 상체를 흔들고 있었다.

바로 다음날, 해가 뜨자마자 사곡문의 대연무장에 300명의 무인들이 모였다. 그들은 1, 2, 3부도의 무인들이었고 이번 출정의 총 책임자인 손지백을 기다리고 있었다.

손지백은 해가 뜨고 나서 얼마 지나지 않자 구석에서 뒷짐을 쥔 채 어슬렁어슬렁 걸어 나왔다.

"다 모였느냐?"

그 말에 2부도의 대장이 나와 고개를 숙였다.

"다 모였습니다."

"그럼, 가자구나."

손지백이 앞서서 대연무장을 나가고 그 뒤를 따라 300명의 무인들이 질서정연하게 따라나섰다. 헌데, 그들이 대연무장 밖으로 나오자 사곡문의 무인들이 입구로 우르르 몰려가는 광경이 보였다. 그리고 그 사이에 목양수까지 껴 있는 걸 보고는 손지백이 땅을 박찼다.

'무슨 일이지?'

쏜살처럼 튀어나간 그의 신형이 담장을 넘어 사곡문의 정문 앞에 떨어졌다. 헌데, 정문 앞으로 나온 그가 멈칫 섰다.

저 멀리 떨어진 곳에서 사곡문의 복장을 한 열 명의 사람들이 무릎을 꿇고 앉아 있었고 그들의 뒤에는 검은 옷에 검은 방갓을 눌러쓴 사내들이 우두커니 서있었다. 그들이 흑객들이란 걸 모르는 손지백은 그들을 유심히 바라봤다.

'보통내기가 아니다.'

손지백은 눈을 크게 뜨며 그들을 주시했다. 하지만 마땅히 조치를 취하지 못했다. 땅바닥에 무릎을 꿇고 나란히 앉아있는 사곡문 제자들의 목에 흑객들의 검이 붙어 있었기 때문이다.

"그 검을 놓지 못하겠느냐?"

손지백이 말했다.

"……."

헌데, 그 말에도 흑객들은 아무런 움직임도 보이지 않았다.

"그 검을 움직이면 우리의 검도 움직인다. 그것도 정확히 10배는 더 많게. 너희들도 무림인이라면 사곡문의 신조를 한 번쯤은 들어봤겠지."

나직이 말하는 손지백의 전신에서 한 줄기 기운이 뻗쳐나왔다. 칼처럼 날카롭고 예리한 기운이다. 하지만 거리가 너무 먼 탓일까? 그 기운 끝에 서있는 흑객들은 미동도 없었다.

손지백은 기운을 좀 더 키우려다가 멈췄다. 자칫 잘못했다가 본 문의 제자들에게 피해가 갈 수도 있으니 손속을 아꼈다.

"내 다시 말하지만 그 검을 움직이는 순간……."

그때였다.

히쭉.

방갓 아래로 가려진 흑객들의 얼굴에 미소가 떠올랐다.

그와 동시에,

촤악!

흑객들의 검이 움직이며 땅바닥에 피가 뿌려졌다. 그리고 '서걱' 울리는 섬뜩한 소리가 퍼졌다.

툭.

무릎 꿇고 있던 사곡문 제자의 머리통이 땅에 떨어지며 깔끔하게 잘려나간 목의 단면이 드러났다. 그리고 머리를 잃은 몸이 앞으로 넘어가며 땅에 닿았다.

바로 그 순간, 손지백의 얼굴에서 표정이 사라지고 그의 전신에서 끈적이는 살기가 돋아났다. 하지만 흑객들은 사곡문 제자들의 목을 벰과 동시에 사라졌다. 그곳엔 한 가운데에 있는 흑객만이 지금까지 남아 품속에서 종이를 꺼내고 있었다.

"네 놈은 여기서 죽는다."

손지백이 나직이 말하며 무릎을 굽혔다. 그와 동시에 타앙! 울리는 소리와 함께 손지백의 신형이 모든 거리를 압축하며 그 흑객 앞에 나타났다. 그때 그 흑객은 품속에서 꺼

낸 종이를 땅에 내려놓고 있었다.

쒸앙!

어느새 손지백이 휘두른 검이 흑객의 가슴팍을 베어갔다.

번개처럼 빠르고 햇살처럼 눈부신 검광이 번뜩였다.

하지만 그 검광이 지나가는 자리에 흑객의 몸이 부서져 내렸다. 그곳에 남아있던 건 잔상이었다.

뚜둑.

헌데, 다 휘둘러진 손지백의 검 끝에 피가 살짝 맺혀있었다. 미량의 피였다.

'얇다.'

베긴 베었지만 피부만 살짝 긁은 정도였다.

'내 검을 피하다니.'

그 많은 거리를 격했지만 그래도 놀라웠다.

손지백은 자신의 검 끝에 맺혀 있는 핏방울을 털어내곤 허리춤에 묶여 있는 검집 안에 집어넣었다.

철컹.

쇳소리가 울리는 순간 그의 뒤로 목양수가 다가왔다.

목양수는 시체 위에 떨어져 있는 종이를 들어 한 차례 펼쳐보고는 다시 땅바닥에 버렸다. 그 종이 안에는 어제 남긴 종이와 똑같은 내용이 적혀 있었다.

"이제 200명으로 늘어났군요."

목양수는 그 말만 내뱉고는 돌아섰다.

산서성에서 안휘성까지 가는 가장 빠른 길은 하남성을 통과하는 길이다. 하지만 하남성은 백도의 문파들이 강세인 지역이고 또 설사 그게 아니라고 해도 다른 성에서 300명이나 되는 무인들이 갑자기 들이닥친다면 당연히 견제를 받기 마련이다. 게다가 미리 소문이라도 나면 자신들이 도착하기 전에 만금성에서 눈치 챌 게 뻔 했으니 손지백은 1, 2, 3부도의 무인들을 이끌고 인적이 드문 길로만 다녔다. 그러다 보니 주로 산을 타는 경우가 많았다. 하지만 그 덕분에 아무에게도 들키지 않고 안휘성에 도착할 수 있었다.

그들은 안휘성에 들어서자마자 저잣거리로 돌격했다. 저잣거리에는 점포가 가득했고 객잔이나 전장 같이 커다란 사업장들도 곳곳에 보였다. 헌데, 이상하게도 그 많은 건물들에 사람이 한 명도 없었다.

거리를 훑고 지나가는 손지백의 눈에 사람은 없었다. 그 많던 점포들도 모두 문을 닫아서 찬바람만 쌩하고 부는 것 같았다.

"흩어져서 한 사람 당 머리 하나씩은 들고 와라."

손지백이 거리 중간에 멈춰 서며 말했다. 그러자 그의 뒤에서 괜히 점포들을 발로 차던 사곡문의 무인들이 거미줄처럼 사방으로 퍼져 나갔다. 그들은 1, 2, 3부도의 무인들

답게 기민한 신법으로 거리 이곳저곳을 훑고 지나갔다.

1부도의 무인들은 동쪽으로 2부도의 무인들은 서쪽으로 3부도의 무인들은 남쪽으로 내려갔다. 북쪽은 자신들이 지나왔던 길로 이미 그곳에 사람이 없다는 걸 확인했으니 돌아갈 필요 없었다.

먼저 동쪽으로 간 1부도의 무인들은 서로 어느 정도 거리를 벌려서 그물망처럼 사방을 훑고 지나갔다. 그 안에 걸리는 사람이 있으면 이들의 기감에 즉각 걸리리라. 하지만 아무리 가도 인기척 하나 느껴지지 않았다.

"아무도 없는데."

"그러게 말이야. 다들 어디 간 거지?"

심지어 민가에 들어가도 사람이 한 명도 없었다. 그들은 어느 정도 갔다 싶었는지 몸을 돌려서 손지백이 있는 곳을 향해 되돌아갔다. 그렇게 민가를 벗어나 다시 저잣거리로 들어선 그들의 앞에 돌연 인기척이 나타났다.

"인기척이다."

헌데, 한, 둘이 아니다. 대충 자신들이 있는 그곳에만 느껴지는 기척이 30명을 넘어섰다. 하지만 이들 1부도의 무인들만 하더라도 80명이다.

이들은 퇴로를 차단하고 한 곳으로 그 기척들을 몰아갔다.

"저쪽이다!"

누군가 소리치며 골목으로 들어섰다. 그 소리를 따라 다른 사곡문의 무인들이 우르르 몰려들었다. 헌데, 그 골목 안에 아무도 없었다.

"놓쳤나?"

두리번거리는 그들의 위로 검은 그림자가 뒤덮었다. 그에 1부도 무인들이 화들짝 놀라며 고개를 들었다. 그러자 하늘에서 세차게 펄럭이는 검은 천과 그 속에 숨어있는 검이 나타나 사곡문의 무인들을 반으로 갈랐다.

쩌어어억!

채채채채챙!

골목 안쪽으로 깊숙이 들어온 20명의 1부도 무인들 중 반은 몸이 갈라졌고 나머지 반은 검을 들어 막았다.

"함정이다!"

누군가 소리쳤지만 이미 늦었다. 그들은 골목 안에 갇혀서 흑객들의 검을 상대하고 있었다.

채채채채챙!

검광이 난무하고 검기와 강기가 튀어나와 주변에 있는 담장을 허물어트렸다. 그러자 요란한 굉음이 일며 나머지 1부도의 무인들을 그 골목길로 끌어들였다.

헌데, 그 골목길로 향하는 길목은 총 넷이다. 그 네 길목에서 오느라 흩어져 있는 1부도의 무인들 앞에 미리 잠복해 있던 흑객들이 나타났다.

"죽여라!"

1부도의 무인들은 사곡문에서 추리고 추린 최고수들답

게 재빨리 검을 뽑아 흑객들을 향해 휘둘렀다. 그들의 검에서 뿜어져 나온 수많은 검기 다발이 한데 뭉쳐서 해일처럼 흑객들을 덮쳤다.

채챙!

헌데, 그 검기 다발의 중심을 뚫고 우윳빛 검광이 삐죽 튀어나오더니 그 검기 다발을 양 갈래로 찢었다. 그러자 하나로 뭉친 검기 다발 한 가운데에 커다란 구멍이 생겼고 흑객들은 그 구멍을 통해 한 명씩 검기 다발을 빠져나왔다. 그리고 그 흑객들은 세차게 허공으로 뛰어오르며 질풍처럼 검을 휘둘렀다.

채채채채챙!

그에 몇몇 이들이 똑같이 몸을 띄웠지만 먼저 공중을 장악한 흑객들이 검을 휘둘러 1부도 무인들을 다시 땅으로 내려 보냈다. 그러자 땅에서 다른 흑객들이 밀고 들어왔다.

"크흑!"

나란히 서서 일직선으로 쭉 나아가 새하얀 검들이 1부도 무인들의 목을 꿰뚫었다. 가장 앞서 있는 흑객들은 검을 찔러 넣으며 1부도 무인들을 뒤로 밀어냈다. 그와 동시에 양옆에 있는 담장을 타고 달려드는 두 흑객이 나타났다. 그들은 양쪽에서 몸을 날리며 검을 휘둘렀다.

쐐액!

예리한 음향이 터지며 튀어나온 두 자루의 검이 1부도

무인들 중 2명의 몸을 싹둑 자르고 지나갔다. 상체와 하체로 분리된 그 2명의 무인은 차례대로 상체와 하체가 떨어졌다.

"막아라! 막으란 말이다!"

1부도 무인들은 눈앞에서 속절없이 죽어나가는 동료들을 보고 투지를 불살랐다. 헌데, 갑자기 맨 앞에서 검을 찌르고 들어오는 흑객들 위로 다른 흑객들이 튀어 올랐다. 그 순간, 1부도 무인들의 얼굴이 하얗게 질렸다. 허공에 튀어 오른 흑객들의 검에서 세찬 검풍이 쉴 새 없이 뿜어져 나와 그들을 덮쳤기 때문이다.

그 좁은 길목을 날카로운 태풍이 한바탕 몰아쳤다.

콰콰콰콰콰쾅!

먼지구름이 일어나고 길목을 막은 담장이 모래성처럼 무너져 내렸다.

흑객들은 천 옷을 끌어다가 입과 코를 막으며 그 먼지구름 속으로 뛰어들었다.

"끄악!"

"으아악!"

먼지구름 속에서 처참한 비명소리가 울리며 먼지구름 밖으로 핏줄기가 튀어나왔다.

"아, 안 돼!"

1부도의 무인 한 명이 비명을 지르며 먼지구름 밖으로 나오는 순간 먼지구름 안에서 한 줄기 검광이 가시처럼

튀어나왔다.

푸욱.

그 1부도 무인의 목을 꿰뚫고 검이 튀어나왔다. 그러자 그 무이은 더 이상 도망치지 못하고 뒤로 빠지는 검을 따라 다시 먼지구름 안으로 들어갔다.

"크악!"

"네, 네 놈들은 대체 누구란 말이냐!"

1부도 무인 중 한 명이 호통을 쳤다. 그와 동시에 먼지구름이 가라앉았다.

담장이 무너지며 생긴 돌가루 위에 피가 흠뻑 젖어 있었고 땅바닥엔 1부도 무인들의 시신들이 널브러져 있었다. 그들의 몸에는 한 사람 당 10번은 찔리고 베인 것처럼 수많은 검상이 나있었다. 하지만 그 중에서 흑객들의 시신은 없었고 1부도의 무인들로만 가득했다. 살아남은 1부도 무인은 단 한 명뿐으로 그 자는 방금 호통을 친 자였다.

"어, 어떻게 이런 말도 안 되는 일이……."

그 1부도 무인은 반쯤 넋이 나간 표정으로 서있다가 검을 놓쳤다. 챙그랑, 울리는 쇳소리가 울렸고 흑객들이 그의 주변으로 몰려들었다.

푸욱.

누군가는 그 무인의 몸에 칼을 박아 넣고.

서걱.

누군가는 그 무인의 팔을 베었다.

흑객들은 그렇게 찌르고 베고 혼자 살아남은 1부도 무인의 몸을 엉망으로 만들어놓았다. 그 1부도 무인은 비명도 지르지 못하고 조용히 죽어갔다. 그리고 시체 또한 걸레처럼 너덜너덜해져서 더 이상 사람처럼 보이지도 않았다. 하지만 흑객들은 그 시신에 눈길 한 번 주지 않고 1부도 무인들이 왔던 곳을 향해 걸음을 옮겼다.

1, 2, 3부도 무인들을 모두 보내놓고 홀로 길거리에 남은 손지백은 버릇처럼 상체를 앞뒤로 흔들고 있었다. 그러다가 문득 눈앞에 한 사람을 발견하고 멈칫했다. 분명 방금 전에 자신이 그곳을 볼 때까지만 해도 아무도 없었다.

'언제 나타난 거지?'

손지백이 눈가를 좁혔다. 어느덧 그의 흔들리던 상체도 잦아들었다.

"반갑군."

호화스러운 비단 장포를 걸친 젊은 사내였다. 하지만 손지백은 그의 옷보다 그의 자세에 눈이 가있었다. 그저 가볍게 서있는 자세건만 막상 마주하니 빈틈을 찾지 못했다.

'뭐지?'

손지백은 본능적으로 허리춤에 달린 검 위에 손을 얹었다.

"나는 만금성의 성주, 백우결이라 한다."

156 天冰鬼王 4

그 말에 손지백의 뺨이 씰룩거렸다.

'어째서 만금성의 성주가……'

자신은 분명 은밀하게 왔다. 하지만 그는 자신의 이동 경로를 파악하고 있는 것처럼 자신의 앞에 서 있었다.

"1, 2, 3부도를 움직인 것 보면 그쪽은 아마 혈사마검 손지백이겠군."

"끌끌. 맞다. 내가 바로 혈사마검 손지백이다."

그는 자랑스럽게 말했다.

"사곡문 제일고수라지."

"내 이름을 알고도 내 앞에 당당히 나타나다니……. 뭔가 믿는 구석이 있나 보군."

"나는 나를 믿을 뿐이다."

그 말에 손지백이 가소롭다는 듯 웃었다.

"설마, 네 놈이 본 문의 제자를 죽인 걸 어물쩍 넘기려는 건 아니겠지? 난 네 놈이 만금성의 성주라도 상관 없다. 본문의 피를 보게 했으면 만금성은 그 10배에 해당하는 피를 흘려야 해."

"……"

"그 뒤에 만금성이 본 문의 개가 되겠다면 한 번 생각해 보마. 하지만 그 전까지는 협상이라는 말로 내가 멈출 거라 생각하지 마라."

손지백은 다른 사람도 아니고 만금성의 성주가 직접 나타난 걸 보고 이제 와서 사태를 수습하려는가 싶었다.

'1, 2, 3부도가 움직였으니 겁을 먹었을 테지.'

웬만해선 움직이지 않는 이들이다. 그런데 그들이 한 번 움직였으니 만금성이라고 긴장 안 할 수가 있겠는가?

"10배라……."

"네 놈이 본 문의 제자들을 20명이나 죽였으니 만금성 놈들은 200명이 죽어야 한다. 물론 200명에서 단 한 명도 깎아줄 생각도 없다."

그 말에 피식 웃은 진도운이 바로 옆에 있는 담장으로 손을 뻗었다.

"이제 300명이 되는 건가?"

그가 가리킨 담장 위에 10명의 익숙한 얼굴들이 올라와 있었다. 헌데, 그 얼굴들 모두 꼬챙이에 꿰뚫려 있었고 몸은 없이 머리통만 매달려 있었다. 그들 모두 사곡문의 제자들로 일전에 냉추엽을 따라 나섰던 50명 중의 10명이었다.

"아니지. 400명인가?"

진도운은 반대쪽 담장을 가리켰다. 그곳에도 똑같이 사곡문 무인들의 얼굴들이 담장 위로 나란히 떠올랐다. 그 머리통의 수도 열이었다.

그들을 쭉 훑어 본 송지백의 눈에서 살의가 스멀스멀 피어올랐다.

"네 놈이 정녕 끝을 보자는 건가? 이대로 가면 더 이상 본 문과 만금성이 협상할 여지가 없다는 것쯤은 알고 있겠

158

지?"

"나는 처음부터 사곡문 놈들과 협상 같은 걸 할 생각은 없었다."

"성주가 이리도 어리석어서야……."

손지백은 쯧쯧 혀를 차며 말을 이었다.

"분명 냉추엽을 통해 본 문이 벌이는 일을 들었는데도 본 문과 척을 지겠다는 건가?"

"……."

"본 문과 척을 진다는 건, 본 문과 규합하기로 한 다른 문파들도 함께 적으로 돌린다는 걸 모르는 건가?"

그 말에 진도운이 하얀 이를 드러내며 웃었다.

"사곡문의 핵심이라고 할 수 있는 1, 2, 3부도의 무인들을 모두 잃고도 다른 문파들이 사곡문을 받아줄 거라고 생각하나?"

"그게 무슨 소리냐?"

그 순간, 1부도 무인들이 향했던 동쪽에서 먼지구름이 피어올랐다. 그와 동시에 동쪽뿐만 아니라 서쪽과 남쪽에서도 비명소리가 울려 퍼졌다.

"아직도 모르겠나? 이제 네 놈은 혼자야."

얼마 뒤, 사방에 뻗어있는 길목에서 흑객들이 천천히 걸어 나왔다. 그들이 들고 있는 검에선 하나 같이 피가 뚝뚝 흐르고 있었다. 하지만 그 어디에도 사곡문의 복장을 한 사람들은 없었다.

"사곡문의 자리를 본 성이 대신 들어간다고 하면 과연 사곡문은 어떻게 될까? 만금성을 받아들이는 건 물론 그 계획을 알고 있으니 다른 문파들이 가만히 안 두겠지."

그 말에 손지백의 얼굴이 하얗게 질려서 아무 말도 하지 못했다.

"1, 2, 3부도를 잃은 사곡문보다 1, 2, 3부도를 없앤 만금 성을 더 탐낼 것 같은데 말이야. 걱정 마. 그렇다고 그놈들 과 어울릴 생각은 없으니."

손지백의 얼굴이 일그러졌다.

"네 놈이 우리가 오는 걸 어떻게 알고……."

진도운은 흑객들이 사곡문의 앞에서 사곡문의 제자들을 벨 때 혈아세인술로 그 근처에 숨어있었다. 그래서 손지백 이 사곡문을 나오는 것도 보고 있었다. 하지만 그걸 꿈에도 모르는 손지백은 얼떨떨한 표정으로 검을 뽑았다.

차앙!

그는 검 끝으로 진도운을 겨누었다. 헌데, 검 끝에 서있 어야 할 진도운이 보이지 않았다. 그리고 아무것도 없는 허 공에서 파지직 거리는 괴상한 소리가 들렸다. 그와 동시에 그가 쥐고 있던 검에 금이 갔다.

쩌정!

금을 따라 수십 조각으로 갈라진 칼날이 사방으로 튀었 다. 그리고 저 앞에 진도운이 다시 나타났다.

"……!"

손지백은 갑자기 자신의 검이 산산조각 박살이 난 걸 보며 두 눈을 부릅떴다.

"나머지는 너희들에게 맡기 마."

진도운이 말했다. 그리고 흑객들이 움직였다.

사방에서 검은 물결이 손지백을 향해 몰려들었다.

⚎

두 번이나 문파의 앞에서 제자들이 목이 베이는 장면을 목격한 뒤로 사곡문에서는 주변 일대에 8부도부터 4부도의 무인들을 퍼트려 놓았다. 그리고 사곡문 안에서는 장로들이 목양수의 처소에 모여 만금성을 어찌 할지 심각한 논의를 하고 있었다.

목양수는 만금성이 자신들을 적대시하는 이유를 알아냈으니 그 근본을 해결하려 했다. 그렇지 않으면 지금처럼 꾹 참았다가 결정적일 때 자신들을 향해 어금니를 드러낼 수도 있는 것이었다. 하지만 그 일에 해결 방안은 없었다.

'골치 아프군.'

이 일을 해결하지 못하면 손지백이 만금성의 목에 목줄을 걸고 와도 문제였다.

"수고하셨소."

이번 회의에서도 마땅히 결과를 내놓지 못했다. 그래서 목양수는 답답하다는 듯 한숨을 내쉬며 창밖을 바라봤다.

"이젠 어쩔 수 없는 건가?"

목양수는 이제 만금성을 다루기 위해선 완벽히 힘으로 누르는 방법 밖에 없다는 걸 깨달았다. 그리고 마음을 다잡으려는데…… 창밖에서 허겁지겁 달려오는 청년을 보았다.

"……"

목양수는 입을 꾹 닫았다. 최근 들어 저렇게 급히 달려와서 좋은 꼴을 못 봤기 때문이다.

역시나 그 청년은 얼굴이 하얗게 질려서 안으로 들어왔다.

문파 밖으로 나온 목양수는 길거리에 사곡문의 제자들이 한데 몰려 있는 광경을 보고 그곳으로 다가갔다. 제자들 틈을 파고들어 안쪽으로 들어가자 몰골을 알아볼 수 없을 정도로 지독하게 당한 흔적이 있는 사람을 보았다. 그 자는 무릎을 꿇고 있었는데 머리는 산발이 돼서 얼굴을 가리고 있었기에 누군지 알 수 없었다.

'모두 검에 당한 상처다.'

검에 찔리고 베인 상처들이 온몸에 있었다.

헌데, 그 자를 바라보는 목양수의 눈이 급격히 커졌다. 그 자가 돌연 어린 아이처럼 상체를 흔들었기 때문이다.

'어르신!'

그건 손지백의 버릇이었다.

목양수는 고개를 저었다.

'아니다. 아니야. 어떻게 어르신이 저 지경이 돼서…….'

목양수는 그 자에게 바짝 붙으며 한쪽 무릎을 꿇어 그 자와 눈높이를 맞췄다. 그리고 그 자의 얼굴을 가리고 있는 봉두난발을 슬쩍 들어올렸다.

"……!"

목양수는 몸을 움찔 떨었다. 손지백이 맞았다. 헌데, 눈이 풀린 듯 멍한 눈빛을 쏟아내고 있는 손지백의 입술 사이에 반으로 접힌 종이 한 장이 끼어있었다.

목양수는 그 종이를 빼내 안을 들여다봤다. 그 안에는 정확히 하루 뒤에 찾아올 테니 사곡문과 규합하기로 한 문파의 명단을 작성하고 기다리라는 내용이 적혀 있었다.

목양수는 그 종이를 손 안에 구기며 주먹을 꾹 말아 쥐었다.

'만금성 놈들…….'

하지만 그는 금세 냉정을 되찾았다. 손지백이 당했다는 건 1, 2, 3부도의 무인들도 모두 당했다는 뜻이라.

'남은 시간은 하루, 그 전에 대비를 해야 한다.'

목양수는 벌떡 일어서며 주변을 쭉 둘러봤다. 그리고 태곡 마을에 퍼져 있는 사곡문의 제자들을 불러 모아 사곡문 안으로 들어갔다.

그날 밤 늦게까지 사곡문 곳곳에서 횃불이 타올랐다.

지금 그들은 정신없이 움직이며 만금성의 침입에 대비하고 있었다.

문파 한 가운데에서 제자들을 지휘하는 목양수의 얼굴이 짙은 그림자가 드리웠다.

'1, 2, 3부도가 전부 당한 건가?'

그들은 사곡문의 기둥이나 마찬가지였고 그들이 없다는 건 사곡문의 전력이 반 토막 나는 것과 똑같았다. 아니, 어쩌면 그 이상이었다. 그래서 지금 사곡문의 무인들은 담장 옆에 죽창을 깔아놓거나 담장 위에 뾰족한 쇳덩어리를 올려놓는 다는 등 사곡문 곳곳에 함정을 설치하고 있었다.

'아침이 되면 끝나겠지.'

만금성이 고지한 시간까지 여유가 있었다. 비록 1, 2, 3 부도의 무인들이 없지만 문파의 지형지물을 이용한다면 충분히 막아낼 수 있을 것이다.

'어쩌다가 이리 된 건가.'

사곡문에 이토록 긴장감이 도는 것도 오랜만이었다. 그간 무서울 것 없이 산서성의 패자로 군림하던 사곡문이 지금은 만금성의 공격에 대비해 이것저것 설치하는 모양이라니.

'뭔가 잘못 되도 단단히 잘못 됐다.'

평상시라면 지금과 반대의 입장이 되어야 했다.

으득.

목양수는 어금니를 꽉 깨물며 몸을 돌려 처소로 향했다.

내일 있을 전투를 위해 체력을 비축해둘 셈이었다.

처소 문 앞에 선 목양수는 문틈으로 아른거리는 그림자에 멈칫 섰다. 방 안은 어두웠지만 창문을 통해 들어온 달빛에 그림자를 비춘 것 같았다.

'누구지?'

방 안에서 거친 숨소리가 들렸다.

그에 목양수는 허리춤에 있는 검을 잡으며 문을 벌컥 열어 재꼈다.

"……."

목양수는 힘차게 문을 열었지만 그 이상 아무런 행동도 할 수 없었다. 방 안에 세 사람이 있었는데 그 중 한 사람이 익숙했기 때문이다. 방 한쪽에 우두커니 서있는 그 자는 자신이 만금성과 협상하라고 보냈던 냉추엽이었다. 그리고 나머지 두 사람 중 한 명은 냉추엽의 뒤에 서서 냉추엽의 목에 검을 대고 있는 흑객이었다. 그 다음으로 방 한 가운데에 차분하게 앉아있는 젊은 사내를 보았다. 진도운이었다.

"이제 왔군."

진도운이 말했다.

"네 놈은 누구냐?"

"이런 상황에서 내가 누굴 것 같나? 당연히 만금성과 관련된 사람이겠지."

진도운은 마치 자신의 집이라도 되는 것처럼 반대편에 손을 뻗었다.

"일단은 여기 앉지."

목양수는 몸을 낮추며 처소 안으로 슬금슬금 들어갔다. 잠시 몸을 돌려 빠져나갈까도 생각했지만 냉추엽이 잡혀 있는 걸 보고 냉큼 그 생각을 접었다.

"내가 왔으니 냉 장로를 보내주어라."

목양수는 진도운의 맞은편에 앉으며 말했다.

"내 말은 듣지도 않으면서 자기가 원하는 말은 잘도 내뱉는군."

그 말에 목양수가 고개를 갸웃거리자 진도운이 냉랭한 목소리로 말을 이었다.

"내 분명 말하지 않았나? 사곡문과 규합하기로 한 문파들의 명단을 작성해서 나에게 보내라고."

"그건……."

"내 말을 무시할 땐 언제고 나보고 이래라 저래라 하는 거지?"

진도운은 목양수의 말을 싹둑 자르며 말했다. 그에 목양수는 잠시 입을 꾹 닫고 상황을 관망했다.

'지금 이 자는 본 문의 한 가운데에 있다.'

따지고 보면 자신에게 그리 불리한 상황은 아니었다.

목양수는 긴장을 풀었다.

"여기는 사곡문의 한복판이다. 지금처럼 함부로 칼을 놀

166 天沐鬼王 4

렸다간……."

그때였다.

"귀를 베어라."

진도운이 말했다.

서걱!

흑객의 검이 냉추엽의 머리 바로 옆에 붙어서 위에서 아래로 뚝 떨어졌다. 그와 동시에 한쪽 귀가 통째로 잘려나가 땅바닥에 떨어졌다.

"크윽!"

냉추엽은 귀에서 피를 흘리며 온몸을 바들바들 떨었다.

"다음은 반대쪽 귀다."

진도운이 목양수의 얼굴을 똑바로 바라보며 말했다. 그러자 목양수의 눈이 좌우로 빠르게 흔들렸다.

'위험한 놈이다!'

목양수는 재빠르게 상황을 파악하고 호흡을 가다듬었다. 하지만 명단을 내줬다간 만금성이 아니라 다른 문파들에게 공격을 받을 것이다.

"고민하고 있는 건가? 내가 좀 도와줘야겠군."

그 말이 끝나는 순간 흑객의 검이 냉추엽의 반대쪽 머리에 붙으며 똑같이 움직였다. '서걱!' 울리는 소리와 함께 그쪽에 붙어있던 귀도 땅바닥에 떨어졌다.

"이제 말할 마음이 드나?"

진도운은 씩 웃으며 말을 이었다.

"어차피 저 놈은 이제 귀가 없으니 듣지도 못한다. 그러니 마음 편안히 말하도록. 그럼 내가 특별히 네 놈이 말한 걸 비밀로 해주지."

"……."

목양수는 욕지거리가 목구멍까지 올라온 걸 가까스로 참았다. 그는 두 주먹을 꽉 쥐고 분노에 찬 눈빛으로 진도운을 노려봤다.

"다음은 팔이다."

목양수는 억지로 입꼬리를 늘리며 웃었다.

"참으로 대단하군. 내일 온다고 시간까지 고지해놓고 이리 밤늦게 오다니."

"그럼 쳐들어가면서 일일이 다 말하고 들어가는 경우가 있던가? 그걸 믿은 네 놈이 한심한 거지."

목양수의 눈썹이 파르르 떨렸다.

"원하는 게 뭐지?"

"이미 말하지 않았나? 그 명단을 원한다고."

"그 명단을 얻어서 뭐하려고 묻는 것이냐?"

목양수는 만금성이 계속 그걸 물어보는 이유가 궁금했다. 단순히 예전에 자신들이 저지른 일 때문이라면 이렇게까지 나올 이유가 없었기 때문이다.

"그 명단을 가지고 할 건 많지."

"……."

"사곡문을 대신해서 본 성이 그 자리에 들어 갈 수도 있고 아니면 무림에 그 명단을 뿌려서 너희들이 규합하는 걸 처음부터 막아버릴 수도 있고."

어느 쪽이든 사곡문은 무사하지 못할 것이다. 그래서 목양수는 차라리 냉추엽보다 문파를 지키는 게 낫다고 판단했다.

"말해줄 수 없다."

"말 안 하면 이 자의 팔을 자른다니까?"

"자르거라."

목양수는 단호하게 말했다. 그러자 진도운이 씩 웃으며 탁자 아래로 손을 내리더니 방바닥에 굴러다니는 붓과 종이를 들었다. 그리고 먹을 갈아 붓을 찍더니 종이에 뭔가를 적었다.

사곡문의 장문인이 자네의 팔을 자르라는군.

그리 한 줄만 적은 진도운은 붓을 내려놓고 그 종이를 뒤로 넘겼다. 그러자 흑객이 그 종이를 받아 냉추엽의 앞에다 대고 흔들어주었다.

그에 목양수는 눈을 꾹 감고 고개를 돌렸다. 그는 진도운이 종이에 글씨를 적을 때 이미 무슨 내용을 적는지 봤기 때문에 차마 냉추엽을 쳐다보지 못했다.

냉추엽은 아랫입술을 질끈 깨물며 온몸을 부들부들 떨었다.

그러자 진도운이 다시 붓을 들고 다른 종이에 다른 내용을 적었다.

　사곡문의 장문인은 자네를 버렸네. 그러니 자네가 말해보는 건 어떤가? 그럼 내가 자네의 복수를 대신 해주겠네.

　이번에는 세 줄이었다. 맞은편에서 그걸 본 목양수가 눈을 부릅떴다. 하지만 진도운은 이미 그 종이를 들어 뒤에 흑객에게 넘겼고 흑객은 곧바로 냉추엽에게 보여주었다.

　"……."

　헌데, 냉추엽의 눈빛에서 원망하는 빛을 찾아볼 수 없었다. 그걸 진도운도 느꼈는지 붓을 내려놓았다.

　"장로와 장문인 간의 신뢰가 단단하군."

　진도운은 자리에서 일어나며 말했다. 그러자 목양수도 벌떡 일어서서 진도운을 마주봤다.

　"냉 장로를 죽일 순 있어도 여기서 네 놈이 빠져나갈 수는 없을 것이다."

　"내 이름은 백우결이다. 만금성의 성주, 백우결."

　그 말에 냉추엽의 눈빛이 날카롭게 쭉 찢어졌다.

　"만금성의 성주라고 했느냐?"

　만금성에서 제법 높은 사람일 거란 짐작은 했지만 차마 성주라는 것까지는 예상하지 못했다. 만금성의 주인이 적

진의 한복판에 나타나는 게 말이 되는 소린가?

"너에게 물을 게 많다."

"그 명단 말고도 물을 게 있단 말인가?"

진도운은 품속에서 투명한 구슬 두 개를 꺼내 내밀었다.

"듣자하니 이 구슬을 잘 알고 있는 것 같은데."

헌데, 목양수는 진도운의 손 안에 있는 두 개의 구슬을 보더니 눈을 크게 떴다.

"어떻게 구슬이 두 개가 있는 거지?"

"두 개가지고 놀라나? 이제 네 놈 걸 뺏으면 세 개가 될 텐데 말이야."

그 말에 목양수는 일순간 멈칫하더니 돌연 입을 쩍 벌렸다.

"침입자다!"

내공이 실린 그의 목소리가 처소 밖으로 나가 사곡문 전체에 퍼졌다. 그러자 처소 밖에서 분주하게 움직이는 기척들이 느껴졌다.

"장문인의 처소다!"

"장문인을 지켜라."

밖에서 사곡문 무인들이 우르르 몰려오는 게 느껴졌다.

하지만 진도운은 목양수의 입을 막을 생각은 하지도 않으며 가만히 지켜만 봤다. 그래서 목양수는 계속 소리 지르며 허리춤에서 검을 뽑았다.

"자, 이제 네 놈은 여기서 어떻게 나갈 건가?"

목양수가 검 끝을 들이밀며 의기양양한 목소리로 말했다. 그가 내민 검 끝이 진도운의 코에 닿을 듯 말 듯 아른거렸다.

"자, 어디 도망쳐 보아라."

목양수가 씩 웃으며 말했다. 그러자 진도운이 뒤로 두 걸음 물러났다. 목양수가 따라붙으며 검을 계속 그의 코앞에 들이댔다.

진도운은 구슬을 품에 집어넣으며 방긋 웃었다.

"확실히 이 구슬이 중요한가보군. 지금껏 얌전히 상황을 살피다가 이 구슬을 보자마자 소리를 지르는 것만 봐도 알 수 있겠어."

"그 구슬부터 내놓아라. 그럼 네 놈이 원하는 협상을 얼마든지 해주마."

그 말에 진도운은 고개를 갸웃거렸다.

"나는 협상을 원한 적이 없는데."

진도운은 옆으로 손을 뻗어 냉추엽의 멱살을 잡고 앞으로 끌고 왔다. 그러자 목양수가 놀라 검을 뒤로 뺐다.

"왜 검을 빼는 거지? 이미 냉추엽을 죽이기로 한 게 아니었나?"

진도운은 힘없이 딸려오는 냉추엽을 앞으로 들이밀며 말을 이었다.

"어디 검을 놀려봐. 내가 맞을지, 아니면 이놈이 맞을지 궁금하군."

목양수가 날카로운 눈빛을 내비쳤다.

"만금성의 성주가 이리 치졸하게 나오는 것이냐? 이건 저잣거리에 굴러다니는 삼류 무인들도 안하는 짓거리다."

"내가 그런 걸 신경 썼으면 애초에 이놈을 인질로 잡지도 않았겠지."

진도운은 당당하게 말했다. 그리고 그때 마침 사곡문 무인들이 몰려들어 처소 주변을 둘러쌌다. 개중에는 처소 안으로 들어와 바로 문 앞에까지 모여든 자들도 있었다.

헌데, 진도운이 씩 웃더니 갑자기 문을 향해 냉추엽을 던졌다.

"문 밖에 있는 놈들아. 내 공격을 받아라."

진도운의 손을 떠난 냉추엽이 쏜살처럼 날아가 문 한 가운데에 쳐 박혔다. 그와 동시에 문 밖에서 수많은 검기들이 쏟아져 나왔다.

"안 돼!"

목양수가 소리를 지르며 몸을 날렸다. 하지만 이미 늦었다. 문을 깨부수고 들어온 예리한 검기들이 냉추엽의 전신을 훑고 지나갔다.

"끄윽……."

냉추엽의 비명 소리는 검기들에 묻혀 짧게 끝났다. 순식간에 벌집처럼 수많은 검에 찔린 냉추엽의 몸은 너덜너덜해져서 방바닥에 떨어졌다.

"……"

방 밖에 있던 사곡문의 무인들은 얼굴이 하얗게 질려서 일순간 아무런 움직임도 보이지 않았다.

"으아!"

목양수가 울분을 쏟아내며 냉추엽의 시신을 내려다봤다. 그 역시 한때 냉추엽의 가르침을 받았기에 마음을 쥐어뜯고 싶을 만큼 괴로웠다. 하지만 진도운은 그가 애도할 시간마저 허락하지 않았다.

"다음은 네 차례다."

진도운은 목양수의 뒤에 바짝 붙으며 말했다.

오싹!

목양수는 온몸에 소름이 돋으며 진흙에 몸을 담근 것처럼 불쾌한 기분을 느꼈다. 그에 목양수가 검을 꽉 쥐며 몸을 돌렸다. 하지만 그가 몸을 도는 것보다 진도운의 손가락이 더 빨랐다.

투두두둑.

점혈을 한 것이었다.

목양수는 뒤로 도는 중간에 애매한 자세로 멈췄다.

진도운은 그런 목양수의 뒷덜미를 잡고 들어 올려 앞으로 내밀었다. 그러자 문턱 밖에 몰려든 사곡문의 무인들이 뒤로 물러나기 시작했다.

씨익.

진도운은 하얀 이를 드러내며 웃었다. 그리고 목양수를

앞에 내밀며 계속 앞으로 걸어 나갔다.

처소 밖에 있던 사곡문의 무인들은 갑자기 목양수의 처소에서 동료들이 뒷걸음질 치며 나오자 의아한 눈길로 바라봤다. 하지만 이내 진도운의 손에 고양이처럼 뒷덜미가 잡혀 있는 목양수를 보며 자신들도 똑같이 뒤로 물러났다.

뚝.

사곡문 한 가운데로 들어선 진도운은 걸음을 멈추며 목양수를 땅바닥에 떨어트렸다. 그래도 여전히 진도운의 발 앞에 있는 지라 사곡문의 무인들은 함부로 공격하지 못했다.

진도운은 저 방 안에서부터 여기까지 자신의 뒤에 바짝 붙어서 쫓아온 흑객을 앞으로 불렀다. 그러자 그 흑객이 아까 냉추엽에게 그랬던 것처럼 목양수의 목에 검을 들이밀었다.

사방에서 사곡문의 무인들이 몸을 움찔 떨며 흔들리기 시작했다. 그들의 얼굴에 떠오른 동요를 느낀 진도운은 느긋하게 뒷짐을 쥐고 목양수 옆에 섰다. 그리고 그의 아혈을 눌러서 말을 할 수 있도록 해주었다.

"네 놈은 절대로 여기서 살아나가지 못할 것이다."

목양수는 악에 받친 목소리로 말했다. 하지만 진도운의 표정에는 미동도 없었다.

"지금쯤 올 때가 됐는데……."

진도운이 저 멀리 있는 사곡문의 대문을 보며 말했다. 그러자 흑객들이 자연스럽게 대문을 열며 안으로 걸어들어왔다.

그들이 나타나자 진도운을 포위한 사곡문의 무인들 사이에 잔뜩 무거운 기류가 흘렀다. 하지만 이 안으로 들어온 흑객들의 수는 150명 남짓했다. 다시 말해 사곡문 무인들의 수가 4배 이상 더 많았다. 그래서 몇몇 이들은 내심 안심하기도 했다.

"다시 묻지. 사곡문과 규합하기로 한 문파들의 명단과 그 구슬에 대해 아는 대로 말해 보아라."

"……."

목양수는 입을 꾹 닫았다. 그에 진도운은 어쩔 수 없다는 듯 손을 들었다. 그러자 사곡문 안으로 들어온 흑객들이 좌우로 퍼져서 사곡문 무인들을 둘러쌌다. 하지만 인원에서 크게 밀려서 흑객들 사이마다 틈이 많았다. 막말로 흑객과 흑객 사이로 수십 명이 뛰어가도 충분히 통과할 수 있을 것 같았다.

그래서 그런 것일까? 사곡문 무인들의 기세가 높아졌다.

헌데, 그 순간…….

"네 놈들의 장문인이 내 손에 잡혀 있단 걸 잊지 마라."

진도운이 말했다. 그러자 바깥을 보고 있던 사곡문 무인들이 일제히 몸을 달려 안쪽에 있는 진도운을 노려봤다.

"반항하면 너희 장문인은 죽는다."

그 말에 사곡문 무인들의 얼굴에 동요하는 기색이 생겼다. 그리고 진도운의 바로 옆에서 듣고 있던 목양수의 얼굴은 악귀처럼 일그러졌다.

"네 놈은 어찌 그리 악독하단 말이냐? 본 문이 네게 그렇게 심한 짓을 했더냐?"

그 말에 진도운은 싱긋 웃으며 목양수를 쳐다봤다.

[뭔가 착각하는 것 같군. 난 사곡문에 원한 따위 없다. 너희들에게 원한이 있는 건 내가 아니라 저 주변에 있는 검은 옷을 뒤집어 입은 놈들이지.]

진도운은 흑객들이 듣지 못하게 전음으로 말했다. 그에 목양수가 알 수 없다는 듯 고개를 저었다.

"도, 도대체 무슨 소리를 하는 것이냐? 지금 만금성은 예전에 우리들이 일으킨 싸움에 휘말려 죽은 여인 때문에 이러는 게 아니란 말이냐?"

[만금성은 맞지. 하지만 나는 아니다.]

이번에도 진도운은 전음으로 말했다.

"그럼 네 놈은 도대체 본 문에 왜 이러는 것이냐!"

성주라면 이들을 물리칠 권한이 있었다. 그런데 자신들에게 원한도 없다면서 이렇게 나오는 이유가 궁금했다.

[나는 그저 네 놈에게 물을 게 있을 뿐이다.]

"겨우 그런 것 때문에 이렇게까지……."

[내 궁금증을 풀기 위해선 난 이보다 더한 짓도 할 수 있다.]

진도운은 히죽 웃으며 전음을 보냈다.

"……"

목양수는 순간 가슴 속에서 치솟는 어마어마한 공포심을 못 이기고 온몸을 부들부들 떨었다. 그리고 자신도 모르게 몸을 잔뜩 움츠렸다.

"말할 게 생각나면 언제든지 말하도록."

진도운은 나직이 말했다. 그 말이 끝나기 무섭게 바깥쪽을 감싸고 있던 흑객들이 일제히 몸을 낮추고 쏜살처럼 튀어나갔다. 그들은 사곡문 무인들 사이를 이리저리 파고들어 진도운이 있는 안쪽까지 들어와서는 진도운을 보호하듯 그를 등지고 섰다. 그리곤 뒤늦게 자신들을 향해 돌아보는 사곡문의 제자들을 향해 검을 휘둘렀다.

채채채채챙!

사방은 순식간에 아수라장이 되며 날카로운 음향이 쉴 새 없이 터져 나왔다. 그리고 검은 물결이 사곡문 무인들 틈을 파고들었다. 그 물결 주변에는 채찍처럼 흰 우윳빛 검광이 수없이 번뜩이며 사곡문 무인들을 베어갔다.

서걱!

새카만 어둠 속에 한 줄기 벼락처럼 나타난 새하얀 검광이 한 사곡문 무인의 목을 베었다. 신기한 건 한 사람을 베면 그 하얀 검광은 어둠 속에 사라졌다가 불현 듯 다시 나타났다. 그래서 허공에 남은 검의 잔상을 보면 중간 중간 끊겨서 검광이 제멋대로 휘어진 것 같았지만 실제로는 그

모든 검의 잔상이 하나로 이어져 있는 것이다. 그것이 바로 신환방의 유일한 검법인 묵환검이었다.

묵환검은 언뜻 보기에 여러 초식으로 이루어진 것처럼 보이지만 실상은 1초식 검법으로 하나의 초식을 연거푸 이어서 펼치는 것이었다. 하지만 그걸 모르는 사곡문의 무인들은 묵환검이 보이는 귀산 같은 변화에 속절없이 죽어 나갔다. 게다가 목환검은 진도운이 한 차례 손을 보며 검세가 사납고 날카롭게 변해서 목환검에 스치기만 하더라도 살점이 크게 벌어졌다. 그만큼 목환검은 예리해졌다.

서어걱!

하얀 선이 검은 허공을 지나가며 사곡문 무인의 목을 잘랐다. 그와 동시에 잘린 머리통이 하늘로 튀어 올랐고 하얀 선은 다시 어둠 속으로 쏙 들어가며 모습을 감췄다.

"지금이다!"

사곡문 무인들이 검을 들이밀며 흑객들을 향해 몸을 날렸다. 헌데, 또 언제 그랬냐는 듯 어둠 속에서 하얀 검광이 치솟아 오르며 옆으로 들어오는 사곡문 무인들의 검들을 깡그리 쳐냈다.

채채채챙!

그 뿐만 아니라…….

쐐액-서걱!

하얀 검광이 섬전처럼 쏘아나가 사곡문 무인들의 목을 단번에 꿰뚫었다.

"큭!"

목을 꿰뚫린 사곡문 무인은 몸을 한 차례 떨다가 천천히 무너져 내렸다. 그렇게 사곡문 무인들이 하나, 둘 죽기 시작한 게 벌써 삼분지 일 가까이 사라졌다.

"으……."

그 아수라장의 중심에 있는 목양수는 사곡문의 무인들이 허무하게 쓰러져 가는 걸 보며 신음을 흘렸다.

'어찌 저렇게 일방적으로 밀린단 말인가?'

아무리 1, 2, 3 부도의 무인들이 없다지만 그래도 인원수에서 4배 이상 앞섰다. 그런데도 지금 흑객들을 한 명도 죽이지 못하고 기껏해야 그들의 옷자락을 한 번씩 건드는 게 전부였다.

'이대로 가다간 사곡문은 전멸한다.'

목양수는 문파의 미래가 여기서 끝날 거라는 걸 짐작했다. 그때, 그의 옆에 서있는 진도운이 하얀 이를 드러내며 웃었다.

"지금이라도 말하는 게 어떤가?"

"……."

목양수는 입을 열지 않았다. 그래도 고민은 되는 듯 그의 눈알은 좌우로 흔들리고 있었다.

"사곡문의 제자들이 모두 죽기 전에 입을 여는 게 좋을 텐데."

진도운은 안타깝다는 듯 쯧쯧 혀를 찼다. 그러자 목양수

가 눈을 꾹 감고 고개를 푹 숙였다.

"내가 말을 하면……"

"그럼 내가 저들을 한 번 말려보지."

꿀꺽.

목양수에게 침 넘어가는 소리가 들렸다. 뭔가 각오를 한 듯 보였다.

"사곡문과 규합하기로 한 문파들은……"

목양수는 조용한 음성으로 다섯 개의 문파명을 말했다. 그리고 추가적으로 2개의 문파를 덧붙였다.

"앞서 말한 다섯 문파는 이미 규합하기로 확답을 주었고 뒤에 말한 두 문파는 아직 확답을 내놓지 않았다."

진도운은 자신도 모르게 침음을 삼켰다. 흑도를 주름잡는 거대 문파들은 지금 목양수의 입에서 다 나온 것 같았다. 예상했던 것보다 그 규모가 컸다.

"그럼 구슬은?"

"그 구슬은 일종의 초대장이다."

"그건 알고 있다. 어떤 비밀의 숲으로 안내한다는 것도 알고 있다."

구현회에서 이세연에게 어느 정도 들은 게 있었다. 문제는 그 구슬의 사용 방법이었다.

"그 구슬에 피를 묻혀라."

"피라고?"

"반드시 자신의 피여야 한다. 그래야지만 그 숲으로 무사히 들어갈 수 있다."

진도운의 뺨이 실룩거렸다. 하지만 그는 이내 뒷짐을 풀
어 주변에 나뒹구는 수많은 검들 중에 한 자루를 집었다.
그리곤 그 검으로 자신의 손바닥을 살짝 그었다. 피부가 벌
어지고 피가 살짝 흘러나왔다.

진도운은 품속에서 구슬을 하나 꺼내 피가 흐르는 손 아
래에 두었다. 그러자 손바닥에서 흘러내린 핏방울이 구슬
위로 떨어졌다. 그런데 그 핏방울이 구슬 안으로 스며드는
게 아닌가?

싸아아.

동시에 구슬 안에 핏빛 연기가 안개처럼 피어올랐다. 그
리곤 한쪽으로 쏠렸다.

처음이었다. 이 구슬이 반응한 것은. 진도운은 구슬 안에
서 한쪽에 몰려 있는 핏빛 연기를 주시하다가 이내 그 구슬
을 목양수의 눈앞에 내밀었다.

"이제 어떻게 하면 되는 거지?"

"그 빨간 연기가 가리키는 방향으로 가면 된다. 그곳에
숲이 있다."

진도운은 구슬 안을 자세히 들여다봤다. 그 안에 있는 핏
빛 연기는 남쪽으로 몰려 있었다.

'그래서 이세연이 그 숲으로 가는 길은 모두 이 구슬 안
에 있다고 말한 거로군.'

진도운은 구현회에서 이세연과 나누었던 얘기를 떠올렸다.

"그 숲은 어디에 있는 거지?"

"그걸 따라가면 되지 않느냐?"

"거기가 어딘지도 모르는데 무작정 갈 순 없지."

그 말에 목양수는 큰 한숨을 내뱉었다.

"호북성에 그 숲이 있다."

"호북성 어디에 있느냔 말이다."

"호북성에 있는 은시라는 마을에서 더 가야 한다. 자세한 위치는 나도 아직 가보질 않아서 모른다."

그 말에 진도운이 묘한 미소를 지었다. 예전에 구현회에서 이세연이 했던 말 중에 하나가 떠올랐기 때문이다.

'구슬 하나에 가질 수 있는 건 한 개뿐이라고 그랬지.'

그래서 이세연은 자신의 아버지가 숨기고 있는 그 구슬을 가져가려 했었다. 비록 자신에게 막혀 그 계획은 실패하고 말았지만 말이다.

"가보지도 않은 놈이 그 구슬에 대해 아는 것도 많군."

"모두 선대에게 들은 것이다. 네 놈도 그 구슬을 물려받으며 선대에게 듣지 않았나?"

"내가 그런 걸 들었으면 처음부터 묻지도 않았겠지."

진도운은 구슬을 만지작거리며 말을 이었다.

"이 구슬을 가지고 가면 나는 뭘 얻을 수 있는 거지?"

"그 안에 있는 것 중에 원하는 걸 한 가지 가져올 수 있다고 들었다. 그게 내가 들은 전부다."

진도운은 구슬 겉에 묻은 피가 깔끔하게 구슬 안으로 들어간 걸 보며 신기해하다가 구슬을 품 안에 넣었다.

"그럼 너는 숲에 가보지도 않고서 뭘 믿고 이 구슬의 주인을 따라 문파들을 규합하는 거지?"

"그 숲엔 가보지 않았어도 그 숲의 주인은 직접 뵀다."

"그 숲에서 밖으로 나왔다는 건가?"

"그래. 난 그 분의 힘을 눈앞에서 직접 보았다. 그리고 위대한 존재라는 걸 깨달았지. 너나 나 같은 놈은 쳐다볼 수도 없는……."

진도운은 피식 웃었다.

"그 위대하신 분은 어디 가면 만날 수 있는 거지?"

"나도 모른다. 필요하면 그 분이 찾아오신다."

어차피 말하지 않아도 상관없었다. 그 자가 구슬의 주인이라면 구슬을 따라 가다보면 언젠가 그 자와 만나게 되어 있었다.

"어쨌든 네가 원하는 건 다 말하지 않았느냐? 그러니 어서 저 검은 옷을 뒤집어 쓴 놈들을 멈춰라. 어서!"

목양수가 눈앞에 펼쳐진 아수라장을 보며 다급하게 말했다. 그 말에 진도운은 피식 웃더니 목양수의 정수리를 살짝 눌렀다. 그곳에 있는 백회혈을 건든 것이다. 그러자 목양수가 온몸이 축 늘어져서 땅바닥 위에 쓰러졌다. 여전히 숨을 쉬고 있는 것으로 보아 단순히 의식을 잃은 듯 보였다.

'구슬에 대한 건 아직 물을 사람이 많다.'

사곡문과 규합하기로 한 문파의 명단을 알고 있으니 구

슬에 대해 물을 사람도 생긴 것이다. 즉, 목양수의 말이 맞지 않으면 그들에게 확인해보면 될 일이었다. 그래서 진도운은 가만히 서서 흑객들이 사곡문의 무인들을 무참히 죽여 나가는 걸 지켜봤다.

'오늘 따라 흑객들의 검세가 더욱 날카롭군.'

평소에도 흑객들의 검은 무자비했으나 오늘은 한층 더 격렬했다.

‡

목양수의 눈꺼풀이 파르르 떨렸다. 그리고 불현 듯 쏟아지는 햇빛에 그가 눈을 찡그리며 몸을 뒤척이더니 서서히 눈을 떴다. 그리곤 파란 하늘이 눈에 한 가득 들어오는 걸 보며 자신이 땅바닥에 쓰러져 있단 걸 깨달았다.

"으음……."

그는 상체를 일으켰다. 그리고 사방에 깔려 있는 사곡문 무인들의 시신들을 보았다.

"……."

땅바닥에 흐른 피는 이제 말라서 갈색으로 변해 있었고 시체에선 썩는 냄새가 올라오고 있었다. 그리고 그 시체들 사이에 흑객들이 검을 든 채 서있었다. 마치 그들은 자신이 일어나기를 기다리기라도 한 것처럼 자신을 노려보고 있었다.

"일어났군."

문득 뒤에서 넘어오는 말에 목양수가 천천히 몸을 돌리며 일어섰다. 그곳에는 진도운이 뒷짐을 쥔 채 우두커니 서 있었다. 그를 보자 목양수의 입에서 허탈한 한숨이 나왔다.

"분명 살려준다 하지 않았나?"

"저들을 말려준다고 그랬지 살려준다고 한 적은 없다."

"그럼 왜 말리지 않은 것이냐?"

"나는 약속대로 말렸지. 그런데 저들이 내 말을 듣지 않더군."

진도운이 당당히 말하자 목양수는 실소를 흘렸다. 그가 말렸단 말이 어처구니없게 들렸기 때문이다.

"도대체 그때 죽은 여인이 누구인 거지? 그 여인이 누구 길래 본 문을 멸문까지 시킨단 말이냐?"

"내 어머니였다."

"……."

목양수의 눈빛이 흔들렸다.

"그리고 저들에겐 따스한 미소를 내려주시던 분들이기도 했지."

진도운은 일전에 공길건이 했던 말을 빌려 말했다.

"내가 너에겐 어머니를 뺏고 저들에겐 따스한 미소를 뺏은 건가?"

"그런 셈이지."

"겨우 그런 것 때문에 우리가 멸문을 당한 건가? 겨우 그

런 것 때문에!"

목양수가 침을 튀겨가며 소리쳤다. 그 말에 흑객들 사이에서 흐르는 공기가 무거워졌다. 하지만 그는 그걸 눈치 채지 못하고 바득바득 소리를 질러댔다.

"그건 무림에서 흔히 있는 일이었다. 네 놈도 무림인이라면 응당 알 것 아니냐? 아무런 연관도 없는 사람들이 어쩔 수 없이 휩쓸려서 죽을 때가 있다. 무림인이라면 누구나 그런 짓을 한 번쯤은 하는 법이야!"

"너희들이 원한을 10배로 되갚듯 우리들도 멸문으로 원한을 되갚은 것뿐이다."

"뭣이라?"

목양수가 눈살을 찌푸리며 되물었다.

"철마방, 남궁세가, 황보세가, 팽가 등 그동안 만금성의 돈을 받아먹고 만금성을 외면한 대가를 치렀다."

"대문파라면 누구나 만금성의 돈을 받았다. 그런데 단지 너희들의 부탁을 외면했다는 걸로 멸문시켰단 말이냐?"

"그놈들은 자기 잘못도 모르고 만금성에 이빨을 들이대더군. 그래서 멸문 당했지. 만약 잘못을 깨닫고 싹싹 빌었다면 멸문까지는 안 당했을지도 모르지."

목양수가 실소를 터트렸다.

"네 어머니를 죽게 만든 싸움은 섬서성에서 백도 놈들과 엮이면서 일어난 싸움이다. 그곳엔 화산과 종남도 있는데, 그놈들도 똑같이 멸문시키겠다고?"

"물론이지."

"미친놈. 네 놈은 완전히 미쳤어."

목양수는 큭큭 거리며 웃더니 돌연 하늘을 쳐다봤다.

"이제 시작인데, 이제……."

그는 허탈한 표정으로 고개를 내려 진도운을 쳐다봤다. 그리고 허리춤에서 검을 뽑았다.

스르릉.

헌데, 그 검을 자신의 목에 갖다 대는 게 아닌가? 그 순간, 진도운은 손을 들었다.

허공을 격하고 날아든 가공할 장력이 목양수의 명치에 깃들었다.

콰앙!

걸레짝처럼 튕겨져 나간 목양수는 검을 놓치며 땅바닥 위로 주르륵 미끄러졌다. 그리고 피를 한 움큼 쏟아내며 천천히 일어섰다.

방금 전에 그가 놓친 검은 어느새 저 멀리 있는 진도운의 손에 들려 있었다. 진도운은 그 검을 이리저리 살펴보다가 뒤로 넘겼다. 그러자 그의 뒤에 뭉쳐 있던 흑객들이 갈라지며 젊은 여인이 앞으로 걸어 나와 그 검을 받았다.

검을 쥐고 머뭇거리는 그녀는 다름 아닌 등소현이었다. 그녀는 진도운과 함께 이곳까지 와서 근처 마을에 있는 객잔에서 기다리고 있었다. 그리고 모든 일을 끝낸 지금 진도운이 그녀를 불러들였다.

"저 자가 사곡문의 장문인이다."

진도운이 나직이 말했다. 그 말에 등소현은 온몸을 부르르 떨었다.

"너도 아까 들었다시피 저 자는 너희 부모를 죽인 일에 별 다른 죄책감을 가지지 않는 것 같더군. 오히려 그 일을 당연하게 받아들이고 있지."

"그, 그런 것 같네요."

그녀는 부르르 떨리는 음성으로 말했다. 그리곤 입에서 계속 피를 쏟아내는 목양수를 노려봤다.

"네 손으로 복수할 기회를 주마."

"……."

그녀는 눈을 질끈 감으며 검을 내려놓았다. 무림인이 아닌 그녀에게 살인은 쉽지 않은 일이었다. 하지만 진도운은 그녀를 타박하지 않고 그녀의 어깨를 다독여주었다. 그리곤 흑객들을 보며 고개를 끄덕였다. 그러자 주변에서 서성이던 흑객들이 목양수를 감쌌다.

"흐흐……."

목양수의 웃음소리가 흘러나왔다. 하지만 곧 끊겼다. 그 순간, 등소현은 뒤돌아서며 눈물을 흘렸다. 그녀는 두 손으로 얼굴을 가린 채 울었다. 그녀의 흐느끼는 소리가 생생하게 들렸다. 하지만 진도운은 모른 척 그녀를 보지 않았다.

그녀가 손등으로 눈을 문지르며 눈물 자국을 닦았다. 그리고 뒤돌아서 온몸에 벌집처럼 구멍이 나있는 목양수의 시신을 보고 다시 고개를 돌렸다.

"약속대로 너의 복수를 해주었다."

그녀의 옆에 서있는 진도운이 나직이 말했다.

"알겠어요. 성주님께서 말씀하신대로 독초를 키울게요."

그녀의 목소리는 아직도 울먹거리고 있었지만 그 어느 때보다 적극적이었다.

"그에 맞는 해독제도 필요하다."

"알겠어요. 그런데 굳이 독초까지 풀어두는 이유가 뭐에요? 이미 제갈현 공자께서 설치한 진법과 기관진식만 해도 웬만한 자들은 접근하지 못할 텐데."

그녀의 말이 옳았다. 웬만한 무인들은 접근하지 못할 것이다. 하지만 구야혈교의 무인들이라면 다르다. 언젠가 그들과 부딪히게 되면 아무리 제갈세가의 것이라고 해도 진법과 기관진식만으로는 한계가 있다.

"완벽하게 해둬서 나쁠 건 없잖아."

그는 두루뭉술하게 넘기며 목양수의 시신 앞으로 다가갔다. 그러자 그 시신에 몰려 있던 흑객들이 자연스럽게 퍼지며 길을 내주었다.

진도운은 잠시 목양수의 시신을 내려다보다가 무표정한 얼굴로 고개를 들었다. 그리고 수백 명의 시신들이 널브러져 있는 사곡문을 둘러보았다.

"깃발을 가져와라."

그 말에 흑객 한 명이 사곡문 밖으로 튀어나가 등소현이 머물던 객잔으로 가서 미리 준비해운 깃발을 들고 돌아왔다. 진도운의 키를 훌쩍 넘길 만한 깃대에 새빨간 바탕의 사각 깃발이 돌돌 말려 있었다.

진도운은 그 사각 깃발을 풀어 목양수의 시신 옆에 꽂았다. 그러자 사각 깃발 안에 금가루로 반짝이는 거대한 산 하나가 나타나며 바람에 펄럭였다.

이렇게 깃발을 꽂은 건 공식적으로 두 번째였다. 그간 남궁세가와 황보세가 같은 곳은 자신들이 저지르지 않은 척했다면 지금은 만천하에 만금성의 짓이라는 걸 알리는 셈이었다.

'이러면 알아서 찾아오겠지.'

그 구슬의 주인이 깃발을 보고 알아서 만금성으로 찾아올 것이다.

"가자."

진도운은 몸을 돌리며 말했다.

天波鬼工

22장. 은바람

진도운은 자신을 수행할 흑객 5명만 남겨놓고 나머지 흑
객들과 등소현을 안휘성으로 돌려보냈다. 그리고 본인은 5
명의 흑객들과 함께 호북성으로 내려와 구슬 안에 핏빛 연
기가 가리키는 곳을 찾아갔다.

그곳은 하북성의 서남쪽에 있는 은시라는 마을에서 더
구석으로 들어가야 나왔다. 관도로부터 멀어진지 한참이
지나서 그곳에 사람 발길 따위 찾아볼 수 없었다.

그곳은 일종의 숲이었는데 겉보기에는 다른 숲과 다를
게 없어보였다. 그리고 구슬 또한 계속해서 한쪽을 가리
키는 걸로 보아 아직 그 장소에 도착하지 않은 것 같았
다.

진도운은 울창한 숲속을 파고들다가 문득 걸음을 멈췄다. 그가 멈추자 그의 뒤에 따라붙던 흑객들도 덩달아 멈췄다.

'여긴가?'

겉보기에 커다란 나무들과 무릎까지 솟아오른 풀들이 모여 숲을 이루고 있었지만 정작 그곳에 흐르는 기류는 지금 자신이 서있는 곳과 달랐다. 불과 몇 걸음의 차이뿐인데 말이다. 문제는 그 기류가 태풍처럼 거칠어서 그 기류에 휩쓸리는 순간 온몸이 갈기갈기 찢겨져 나갈 것 같았다.

'신환성체가 완성된 뒤로 이런 압박감은 처음이군.'

진도운은 오랜만에 긴장감을 느끼고 손 안에 있는 구슬을 꽉 쥐었다.

"성주님. 이곳은……."

뒤에서 흑객들 중 한 명이 물어왔다. 그 역시 눈앞에 수상한 기류를 느낀 것이다.

"너희들은 여기 있거라. 저 안에 나 혼자 들어갔다 오마."

"성주님. 저 위험한 곳에 성주님 혼자 보낼 순 없습니다."

그 말에 진도운은 자신은 괜찮다며 구슬을 쥔 손을 슬쩍 기류 안에 집어넣었다. 그의 예상대로 그의 손은 거친 기류 속에서도 멀쩡했다. 진도운 역시 아무런 느낌을 받지 않았다.

"나 혼자 들어가마."

진도운은 손을 빼며 말했다. 그에 더 이상 흑객들도 말리지 않았다.

진도운은 천천히 걸어 그 기류 안으로 들어갔다. 그러자 그 뒤에 있던 흑객들은 진도운이 눈앞에서 감쪽같이 사라지는 광경을 보았다.

"……."

흑객들 중 한 명이 검을 뽑아 그 기류 안에 집어넣었다.

스스스!

괴상한 소리와 함께 쇳가루가 흩날렸다. 그에 놀란 흑객이 검을 뺐는데, 그 기류 속에 집어넣은 만큼 검신이 사라져 있었다. 그 기류에 휩쓸려 검신이 갈린 것이다.

정작 그 불길한 기류 안으로 들어온 진도운은 편안하게 주변을 둘러봤다. 밖에서 보았을 땐 한없이 위험해 보이던 그 기류가 지금은 잔잔하게 흐르며 자신의 몸을 어루만지고 있었다. 게다가 하나 같이 굵직한 나무들과 초록빛으로 물든 햇살이 모여 영락없는 숲의 모습을 띠었다. 헌데, 나무 사이마다 걸려 있는 나무줄기와 넝쿨 줄기들이 조금은 낯설게도 느껴졌다. 그런 건 기류 밖에서 볼 수 없는 것들이었다.

'저쪽인가?'

저 멀리 떨어진 곳에서 불빛이 보였다. 헌데, 그 불빛이 모닥불이라기엔 너무 컸다. 그래서 진도운은 누군지 몰라도 숲 한 가운데에 저리 큰 불을 피운 사람을 한심하다고 생각하며 그곳으로 몸을 날렸다.

신표혈리술을 펼친 진도운은 한 줄기 바람이 되어 단숨에 그곳에 도착했다. 그 앞에 멈춘 진도운은 눈앞에서 활활 타오르는 불기둥을 보았다. 자신의 키는 가뿐히 넘어가는 그 불기둥 안에 나무가 있었다. 신기한 건 그 나무 주변에 깔린 풀이나 나무에 불길이 옮겨 붙지 않았다. 딱 그 나무만 타고 있었다.

"……."

그때 진도운은 눈살을 찌푸렸다. 문득 기척 하나를 느꼈는데 금세 자신의 뒤까지 다가오는 게 아닌가?

"그 나무는 이 숲의 질서를 해치오. 그래서 일부러 태우고 있소."

등 뒤에서 넘어온 목소리에 진도운은 서서히 몸을 돌렸다. 그곳에는 팔짱을 낀 채 나무에 몸을 기대고 서있는 노인이 있었다. 노인의 얼굴에는 주름이 자글자글 했고 곳곳에 검버섯도 피어있었다. 그리고 정수리에는 머리카락이 하나도 없었고 머리 둘레에만 머리카락이 붙어있었다. 하지만 그를 바라보는 진도운의 눈이 날카롭게 번뜩였다.

"인면피구인가? 아니. 인면피구는 아니군. 그보다 두터워."

그 말에 노인의 눈썹이 크게 들썩였다.

"허허허……."

"요상한 술을 쓰는군."

진도운은 노인의 얼굴에 뭉쳐있는 내공 덩어리를 보며 말했다.

"대단하구려."

그 순간, 노인의 얼굴에 뭉친 내공이 안개처럼 퍼지며 서서히 본래의 얼굴이 나타났다. 꽤 젊은 얼굴이었다. 피부나 얼굴선이 여인의 것처럼 고왔다. 눈 또한 여우처럼 뾰족 솟은 것이 매혹적이기 그지없었다. 그 자의 얼굴은 영락없는 여인, 아니 이세연에 버금 갈만한 미녀였다. 문제는 그 자의 몸이었다. 그 자의 몸은 굴곡도 없을뿐더러 남자의 것처럼 뼈대가 굵었다.

"몸도 속인 거로군."

그 자의 몸에 내공이 퍼져 있지 않았지만 진도운은 단번에 꿰뚫어봤다. 그러자 그 자가 방긋 웃으며 몸을 한 차례 떨었다. 그와 동시에 그 자의 온몸에서 뼈가 꿈틀거리며 체격이 변하기 시작했다. 심지어 늙수그레하던 피부까지 점점 젊음을 되찾았다. 그리고 그 자는 여인이 되었다. 그것도 젊은 여인이었다. 두껍고 새빨간 입술에 고혹적인 눈빛이 인상적인 미녀였다.

그녀는 입맛을 다시듯 아랫입술을 핥았다.

"용케도 알아보시네요."

방금 전까지 노인처럼 쉰 목소리도 달라졌다. 이제는 완전히 여인이 된 것이다.

"네 년은 누구냐?"

"년이 뭐에요, 년이. 소저도 있고, 낭자도 있고 좋은 말 많잖아요."

그녀는 연신 방긋 웃으며 말했다. 그녀의 미소는 너무나도 매혹적이어서 진도운의 심금마저 울렸다. 하지만 진도운은 끝까지 경계를 늦추지 않았다.

"여기까지 온 거 보면 초대장은 당연히 가지고 있겠죠?"

진도운은 품속에서 구슬 세 개를 꺼내 보여주었다. 그녀가 가까이 다가오자 진도운은 손을 꽉 쥐며 뒤로 뺐다.

"구슬을 세 개씩이나 가지고 있네요?"

"어쩌다보니 그렇게 됐군."

"뭐, 제가 상관할 일이 아니겠죠."

"그래. 그런 건 묻지 않는 게 좋지."

여인은 어깨를 으쓱거리며 진도운을 지나 그의 뒤에 있는 불기둥 앞에 섰다. 그리곤 불 속으로 손을 집어넣어 그 안에서 타고 있는 나무의 겉면을 손으로 문질렀다.

"이 나무는 주변에 있는 다른 나무들의 영양을 뺏어서 자라나는 나무죠. 그래서 어쩔 수 없이 죽일 수밖에 없었어요."

그 불기둥 주변에 있는 나무들은 좀 작은 감이 있었다.

"원래 자연이 그렇지."

"맞아요. 어쩌면 자연의 섭리 일 수도 있죠. 하지만 그건 중요한 게 아니에요."

"그럼 뭐가 중요하지?"

"이 숲에서 나보다 특별한 게 있으면 안 돼요."

다시 불 밖으로 손을 뺀 그녀는 소매 자락을 넓혀 앞으로 쭉 뻗었다. 그러자 눈앞에서 활활 타오르던 불기둥이 그녀의 소매 안으로 빨려 들어갔다. 그리고 불기둥이 있던 자리에 새카맣게 타버린 나무가 나타났다.

진도운은 그녀의 손을 흘겼다. 불속으로 집어넣었던 손은 아무런 상처도 없이 깔끔했고 소매 안으로 들어간 불길도 잠잠했다.

'뭐지?'

그 알 수 없는 불에 진도운은 그녀의 손에서 눈을 떼지 못했다. 그때 그녀는 발로 차서 새카맣게 탄 나무를 넘어트렸다.

"됐다."

"그 나무가 그렇게 특별한가?"

"몇 십 년에 한 번씩 저런 나무가 나타나서 주변을 다 집어삼키고 홀로 커지죠. 저대로 놔두면 이 숲에서 가장 큰 나무가 돼서 나보다 더 특별해질 거예요."

"그걸 용납할 수 없는 건가?"

"그럼요. 저는 저보다 돋보이는 길 싫어하거든요."

그녀는 휙 몸을 돌리며 말을 이었다.

"따라오세요."

그녀는 하얀 천만 걸치고 있어서 그녀의 몸이 천 위로 훤히 드러났다. 심지어 천 사이로 아슬아슬하게 드러나는 몸의 굴곡이 위험해보이기도 했다. 하지만 그녀는 그런 것쯤 신경 안 쓴다는 듯 천자락을 나폴거리며 걸었다.

그녀를 따라 간 곳은 통나무로 만들어진 오두막집이었다. 그 오두막집 바로 옆에 나무가 나있고 앞마당엔 풀로 가득했다. 말 그대로 숲 안에 집이 있는 것이었다. 헌데, 그 오두막집 앞에 있는 풀밭에 꽃 한 송이 보이지 않았다. 보통 이런 울창한 숲 속엔 꽃들도 제법 피어나기 마련인데, 어떻게 된 게 꽃이 한 송이도 보이지 않았다.

"설마 꽃도 꺾은 건가?"

"이 숲에서 아름다운 건 나 하나로 충분하니까요."

"그렇겠지."

진도운은 그럴 줄 알았다는 듯이 말했다.

"안으로 들어올래요?"

그녀는 오두막집의 문을 열며 말했다. 속이 훤히 비치는 옷을 입고 그런 말을 하니 기분이 묘했다. 하지만 진도운은 별 다른 내색을 하지 않고 안으로 들어갔다.

집 안에는 한쪽 구석에 이불도 없이 박혀 있는 나무 침대만 덩그러니 놓여 있었다. 그 안엔 앉을 의자도 뭔가 떠받칠 탁자도 없었다. 그래서 그녀는 침상 끝에 걸터앉았고 진

도운은 그냥 서있었다.

그녀는 양 손을 뒤로 빼며 반쯤 눕듯이 앉아 진도운을 그윽한 눈길로 바라봤다.

"뭘 원하죠?"

"내게 뭘 줄 수 있는데?"

"이 숲에서 원하는 거라면 뭐든지 줄 수 있어요. 나 또한 포함해서요."

진도운은 피식 웃었다.

"구슬이 세 개 있으니 내가 가질 수 있는 것도 세 가지겠군."

"그렇죠."

"내가 알기론 여기에 기악신공이 있다고 들었는데."

그녀는 그 말을 듣자마자 혀를 내둘렀다.

"무림인들은 늘 무공만 찾는다니까. 하지만 이미 늦었어요. 기악신공은 이미 다른 사람이 가져갔어요."

"내가 뭘 가질 수 있는지 보고 싶군."

"이 숲에 있는 건 뭐든지 가질 수 있다니까요."

"이 숲에 뭐가 있는데?"

"쭉 둘러보세요. 뭐가 있는지. 하지만 이 숲 어디에도 저만큼 특별한 건 없을 거예요."

진도운은 쯧쯧 혀를 차며 몸을 돌렸다. 그리고 오두막집을 나왔는데 집 안에 있던 그녀가 뒤로 쪼르르 따라붙었다. 하지만 진도운은 모른 척 앞만 보며 걸었다. 그러자 그녀가 마치 자신을 봐달라는 듯 콧노래를 흥얼거렸다.

"이름이 뭐지?"

진도운이 물었다.

"도수진이에요. 그쪽은요?"

"백우결."

"그 몸 주인의 이름이에요? 아니면 그 몸 안에 들어간 영혼의 이름이에요?"

그 말에 진도운이 눈을 크게 뜨며 멈칫 섰다. 이내 다시 밝게 웃으며 그녀를 쳐다봤다.

"무슨 소리를 하는 거지?"

"만라전상대법으로 그 안에 들어가 있잖아요."

도수진은 오히려 뭘 그런 걸 묻느냐는 듯 한 표정으로 짓고 있었다. 반면 진도운의 얼굴에 큰 동요가 일었다.

"만라전상대법을 알고 있어?"

"그럼요. 그것도 이 숲에 있는데요."

도수진은 갑자기 고개를 삐딱하게 꺾으며 말을 이었다.

"아, 그것도 누가 가져갔다. 그건 제가 태어나기도 전 일이라 까먹고 있었네요."

그 말에 진도운의 얼굴이 흠칫 굳었다.

"만라전상대법이 이곳에 있다고?"

"아직도 남아있죠."

"방금 누가 가져갔다고 그랬잖아."

"다른 신물들이야 가져가면 끝이지만 그런 대법이나 무

공들은 필사본으로 보관되어 있어요. 누가 원하면 원본을 주고 우리는 필사본을 남겨 숲 안에 보관하는 거죠."

그녀의 말에 따르면 이 숲에는 신물도 있고 무공이나 대법 같은 여러 가지 술법들도 있다는 것이었다. 하지만 정작 지금 눈에 보이는 건 온통 숲뿐이었다.

"만라전상대법을 보고 싶군."

"안 된다니까요."

"잠깐 보는 것도 안 되나?"

"그럼요. 필사본에 적힌 글씨를 다 외워서 나갈 수도 있잖아요."

"만약 내가 억지로 보겠다고 하면?"

"힘들 걸요. 어쩌면 죽을 수도 있어요."

"왜?"

진도운은 실소를 흘리며 물었다.

"필사본을 모아둔 서고가 있는데, 그 서고를 지키는 놈이 워낙 성격이 고약해야 말이죠."

"여기에 다른 사람도 있단 말인가?"

"몇 명 있죠."

진도운은 다시 몸을 돌려 걷기 시작했다.

"너희들은 누구지?"

"예? 그게 무슨 소리에요?"

"여기는 어디고 너희들의 정체는 뭐냐고 물었다."

"여기는 은마림(隱魔林)이에요. 그리고 저희들은 마인

(魔人)이죠."

진도운은 아무리 머리를 굴려 봐도 은마림이라는 걸 들은 기억이 없었다. 게다가 스스로를 마인이라 칭하는 자들이라니? 마인은 보통 흑도의 간악한 무림인들에게 붙는 칭호였건만, 이들이 말하는 마인엔 그 이상의 무언가가 있는 듯 보였다.

진도운은 이 숲과 이들에 대해 더 자세히 알고 싶었다. 그가 잠시 오감을 넓히며 숲에 집중하고 있을 때였다. 갑자기 정면에서 하얀 구체(球體)가 땅을 데구르르 굴러와 자신의 발끝에 부딪히며 튕겨져 나갔다. 그리곤 눈처럼 그 자리에서 녹아내렸다.

'기의 덩어리군.'

그 구체는 마치 강기처럼 유형화된 기의 덩어리였다. 그것은 눈앞에서 금방 사라졌지만 그걸 본 도수진은 돌연 천을 움켜쥐며 얼굴까지 끌어올렸다.

"전 이만 가봐야겠네요."

그녀는 말릴 새도 없이 뒤로 몸을 날려 가버렸다. 어찌나 빠른지 그녀가 몸을 날린 순간 그녀의 신형은 벌써 보이지 않을 만큼 멀리 떨어져 있었다. 그녀를 따라 잡으려면 따라 잡을 수 있었다. 하지만 진도운은 그러지 않았다. 방금 전 하얀 구체가 굴러온 지점에서 하얀 머리카락을 정갈하게 뒤로 넘긴 젊은 사내가 나타났기 때문이다.

그는 안에 아무것도 걸치지 않고 하얀 장삼만 입고 있어

서 가슴팍이나 맨 다리가 훤히 드러나 있었다. 그리고 그의 눈은 마치 선으로 쭉 그은 것처럼 얇았고 피부는 백옥처럼 깨끗했다.

그는 뒷짐을 쥔 채 이 앞까지 천천히 걸어왔다.

"몸의 주인이 바뀌었군요."

그 사내도 만라전상대법을 꿰뚫어 본 듯 했다.

"그리고 온몸에서 피 냄새가 진동하는군요."

그는 코를 찡그리며 말했다.

"너는 누구냐?"

진도운이 물었다. 그러자 그 사내가 웃었다.

"저는 이 숲의 주인입니다."

진도운은 그 사내의 몸을 훑어봤다.

'하얀 머리칼이라니…….'

참으로 묘한 외양이었다. 그리고 그 안에 도사린 힘은 심연처럼 깊었다.

진도운은 품속에서 구슬을 꺼내 내밀었다.

"그럼 이 구슬도 자네 건가?"

"그쪽 손에 있으니 그쪽이 주인이겠죠."

"말장난을 하자는 건가?"

그 사내가 지그시 웃었다.

"저는 능서한이라고 합니다. 그쪽은……."

"백우결이다."

"백우결이란 이름은 그 몸 주인의 이름이겠죠."

"그건 자네가 상관할 바 아니지."

능서한은 고개를 끄덕였다.

"맞습니다. 제가 상관할 건 아니죠. 그저 호기심에 물었을 뿐, 다른 의도는 없습니다."

능서한은 몸을 돌리며 말을 이었다.

"저는 이 숲의 주인으로써 숲에 대해 안내를 해드리고자 합니다."

능서한이 걷기 시작하자 진도운도 그 옆에 붙어서 같이 걸었다.

"이왕 안내하는 김에 이 숲에 있는 다른 것들도 알려줬으면 좋겠군. 지금 내 눈에 보이는 건 풀이나 나무들뿐인데, 내가 저런 걸 갖자고 구슬을 3개나 모은 건 아니라서."

"특별히 원하는 거라도 있으신 겁니까?"

"내가 말만 하면 뭐든지 가질 수 있는 건가? 만약에 내가 원하는 게 이 숲에 없으면 어떻게 되는 거지?"

"이 숲엔 사람이라면 눈 돌아갈 것들이 많이 있습니다."

"자신만만하군."

능서한은 방긋 웃었다.

"사람의 욕심은 시간이 지나도 변하질 않더군요."

"꼭 몇 십 년은 살아온 노인처럼 말하는군."

"저는 보기보다 나이가 많습니다. 제 외모보다 몇 배는 오래 살아왔죠."

그는 겉보기에 30대처럼 보였다. 아니, 깨끗한 피부 때

문에 충분히 20대로도 보였다.

"저뿐만 아니라 이곳에 있는 사람들은 모두 남보다 천천히 늙어왔습니다."

능서한의 말에 진도운은 실소를 흘렸다.

"그럼 아까 봤던 그 도수진이라는 낭자도 보기보다 나이를 많이 먹었겠군."

"도수진은 많이 먹어봤자 한 10살 정도……"

"그럼 지금쯤 30대 정도 됐겠군."

능서한은 고개를 끄덕였다.

"맞습니다. 그리고 도수진에 대해 계속 묻는 거 보면 관심이 있으신 것 같은데, 관심을 끊는 게 좋을 겁니다."

"자네가 마음에 두기라도 했나?"

그 말에 능서한은 미소를 지었다.

"도수진은 마인입니다."

"마인이 뭐지?"

아까부터 궁금했던 것이었다.

"그건 복잡해서 말씀드릴 수 없군요. 제가 말씀드릴 수 있는 건 마인들은 위험하다는 것뿐입니다."

"그런가?"

"마인들은 평생을 이 안에 갇혀 있어서 사람들이 사는 세상을 겪지 못해서 아주 순수합니다. 그래서 위험하죠. 세상을 겪지 못하니 무엇이 나쁘고 무엇이 옳은지 구분을 하지 못합니다."

진도운은 아까 도수진이 자신보다 더 돋보일 수도 있다는 이유로 나무를 태운 걸 떠올렸다. 그리고 이 숲의 모든 꽃도 꺾어버렸다는 그녀의 말도 기억해냈다.

"그런 사람들이 또 있단 말이지?"

"몇 명 있죠."

그때 눈앞에 커다란 전각 하나가 나타났다. 그 전각은 숲 한 가운데에서 온갖 넝쿨에 뒤덮인 채 우뚝 서 있었다. 그리고 그 앞에는 땅바닥에 앉아 팔짱을 낀 채 졸고 있는 중년인이 있었다. 그 중년인은 민머리에 수염만 덥수룩하게 나 있었다.

"저기에 온갖 마공이 잠들어 있습니다."

능서한은 전각을 가리키며 말했다.

"나는 마공을 원한 적이 없는데."

"그냥 저런 게 있다고 알려주는 것뿐입니다. 원치 않으면 들르지 않으셔도 됩니다."

"마공은 이미 바깥세상에서 많이 봐와서."

그 말에 능서한은 피식 웃었다.

"지금 무림에 떠도는 마공들은 모두 이곳에서 파생된 아류작일 뿐입니다. 그런 것들을 여기 있는 마공에 비할 순 없죠."

"그런가?"

진도운의 목소리에서 별 다른 감흥이 없자 능서한이 진도운을 빤히 쳐다봤다.

"지금 그쪽의 눈에서 현묘한 기운이 흐르고 있군요. 그 건 곧 도가의 것처럼 맑은 심법을 지녔단 말이지요. 하지만 그건 그쪽과 맞지 않습니다."

"⋯⋯."

"그쪽은 핏속에서 살아갈 운명, 어쩌면 그쪽과 어울리는 무공은 마공일 수도 있습니다."

진도운은 슬며시 미소를 지었다.

"그런 것도 꿰뚫어 보다니, 자네는 참 신기한 눈을 가졌 어."

"볼 품 없는 재주일 뿐입니다."

"하지만 내가 이 심법을 익힌 이유는⋯⋯."

"알고 있습니다. 성질이 전혀 다른 두 무공을 한 몸에 담 기 위해서겠죠."

그렇다. 구야혈교의 무공과 백선문의 무공, 정확히 말하 자면 귀살류와 천목수를 한 몸에서 펼치려면 두 무공을 조 화시킬 수 있는 심법이 필요했다. 그래서 청천백혼공을 택 한 것이다.

"알고 있으면서 나에게 다른 심법을 권하는 건가?"

"두 무공을 한데 모으려면 꼭 필요한 게 조화는 아닙니 다. 얼마든지 힘으로 두 무공을 다룰 수 있는 법이죠. 그리 고 그 압도적인 힘으로 상대를 억누르는 건 마공의 특징 중 하나이지요."

진도운은 실소를 터트리며 그 전각으로 걸음을 움직였다.

"구경해서 나쁠 건 없겠지."

"잘 생각하셨습니다. 아까부터 그쪽을 볼 때마다 몸에 맞지 않는 옷을 입고 있는 것 같아 신경이 쓰였거든요."

능서한은 진도운과 걸음을 맞추며 말했다.

'왜 이리 호의적일까?'

진도운은 능글맞게 웃는 능서한을 자연스럽게 경계했다. 그리곤 전각 앞에 서서 문을 열려 하자, 문 옆에서 자고 있던 그 중년인이 눈을 떴다.

"뭐야?"

그 중년인은 신경질적으로 눈을 떴다가 능서한을 보더니 개구리처럼 팔짝 뛰며 뒤로 물러났다.

"오면 온다고 말을 하든가."

중년인은 능서한을 째려보며 말했다.

"구슬을 가지고 오신 분입니다."

능서한은 진도운을 가리키며 말했다. 그러자 중년인이 머리를 박박 긁으며 겸연쩍게 웃었다.

"그래? 내가 잠깐 명상에 빠져서 기척도 못 느꼈나 보군."

"차라리 어디 들어가서 편안히 주무시는 게 어떻습니까?"

"여기서 들어갈 데가 어디 있다고. 그리고 잔 게 아니라 명상했다니까. 거 참."

중년인은 민망한 듯 고개를 돌렸다.

"안으로 들어가시지요."

능서한은 직접 전각의 문을 열며 말했다.

전각 안으로 들어온 진도운은 전각 안을 가득 매운 서책들을 보았다. 서책들은 벽에 꽂혀 있는 서가 위에도 있었고 전각 안에 벽처럼 서있는 책장 안에도 있었다. 얼마나 많은 책장이 있는지 그 사이에 나있는 길은 한 명 지나갈 크기밖에 되지 않았다.

"이 모든 게 마공이라고?"

"마공뿐만 아니라 다른 술법들도 있습니다."

"그럼 이곳에 만라전상대법도 있겠군."

능서한은 고개를 저었다.

"그건 필사본을 보관하는 곳에 있습니다. 필사본은 여기처럼 손님들에게 개방하는 곳에 두지 않죠."

필사본이라는 건 즉 이미 다른 사람이 들어와서 원본을 가져갔다는 뜻이라.

진도운은 아쉬운 듯 입맛을 다셨다.

"그렇군."

진도운은 책장 사이를 돌아다녔다. 그리고 그런 진도운의 뒤를 능서한이 따라다녔다. 그러자 진도운이 중간에 멈춰서며 뒤돌아보았다.

"계속 따라다니는 건가?"

"무공 같은 경우는 한 번 보면 구결을 외워나갈 수도 있으니 한 번 서책을 펼치면 그걸로 끝입니다."

"그럼 이 많은 곳에서 내가 필요한 게 뭔지 알고 찾으라는 거지?"

"보통 원하는 걸 말하면 제가 적당한 걸 찾아드립니다."

진도운은 씩 웃었다.

"그럼 자네가 내게 맞는 적당한 심법 하나를 추천해주게나."

그 말에 능서한은 기다렸다는 듯 몸을 돌렸다.

"따라오시지요."

능서한은 책장 사이를 지나 구석에 박혀 있는 서가 앞에 섰다. 그리고 그 서가 위에 나란히 꽂혀있는 서책들 중에서 제일 끝에 있는 서책을 뽑아 내밀었다.

진도운은 그 서책을 받자마자 곧바로 펴보았다. 그러자 그 책 위로 능서한의 손이 불쑥 들어왔다. 그에 고개를 들어보니 능서한이 능글맞게 웃고 있었다.

"구슬이요."

진도운은 말없이 품 안에서 구슬 하나를 꺼내 그 손 위에 올려놓았다. 헌데, 능서한의 손은 꿈쩍도 않고 책 위에 남아있었다.

"구슬 줬잖아?"

"이거 말고 그쪽의 피가 들어간 구슬이요."

진도운은 잠시 그를 빤히 바라보다가 능서한의 손에 있는 구슬을 다시 들어 품속에 집어넣었다. 그리고 핏빛 연기

가 들어있는 구슬을 꺼내 능서한에게 건네주었다. 그제야 능서한이 책 위에서 자신의 손을 뺐다.

진도운은 빠르게 책장을 넘기며 그 서책에 있는 구결을 쭉 훑었다. 그거면 충분했다. 구야혈교의 일만 무학을 통달하며 자연스럽게 얻은 깨달음은 어떤 무공이든지 단숨에 체화시켜주었다.

'대단하군.'

마지막 책장을 넘긴 진도운은 내심 감탄하며 책을 덮으며 서책의 겉표지를 보았다.

'주마신공(朱魔神功).'

자신이 지금껏 봐왔던 그 어떤 심법보다 뛰어났다. 그리고 능서한의 말대로 이 심법을 익혀도 귀살류와 천목수를 한 몸에 펼칠 수 있을 것 같았다. 아니. 그 이상일 것이다. 청천백혼공이 두 무공의 조화를 추구했다면 주마신공은 두 무공의 합일(合一)을 추구했다.

'주마신공은 불길과 같다.'

주마신공은 다른 어떤 무공이라도 마공의 특성을 띄게 만들어버린다. 마치 산에서 불이 나면 불길이 산 전체로 퍼져나가는 것처럼 다른 무공들까지 온통 마기로 물들일 것이다. 그건 주마신공의 치명적인 단점이었다. 하지만 진도운에겐 그건 별로 중요하지 않았다. 어차피 본인은 백도나 흑도에 속해 있지 않으니 마기를 풍겨도 상관없었다. 그가 정작 궁금한 건 따로 있었다.

진도운은 주마신공의 비급서를 품안에 넣고 방긋 웃었다.

"이 정도의 무공을 내주면서 가져가는 건 고작 구슬 하나라고?"

"그것이 규칙이니까요."

"구슬에 그만한 가치가 있는 건 아니고?"

그 말에 능서한의 미소가 잠시 멈칫했다.

"무슨 말씀을 하시는 건지 모르겠습니다."

"이 정도의 무공을 아낌없이 내줄 만큼 구슬의 가치가 상당하다는 거지. 내가 처음 그 구슬에 대해 듣고 나서 얼마나 황당해 한 줄 아나? 이깟 구슬이 뭐라고 기악신공 같은 어마어마한 무공까지 내주는지 참 궁금했단 말이지."

"……."

"너희들이 무슨 부처도 아니고 말이야. 사람이면 필시 어떤 목적이 있을 거라 생각했다. 그래서 잠깐 생각해봤지. 이 구슬에 어떤 가치가 있을까."

여전히 능서한은 웃고 있었다. 하지만 진도운은 그 미소를 직시하며 말을 이었다.

"불현 듯 아까 자네가 했던 말이 떠오르더군. 마인들은 이 안에서 평생을 살았다고. 그 말을 떠올린 순간 한 가지 가설이 생각났어."

"어떤 가설이요?"

"마인들은 무슨 이유에서인지 여기서 나가지 못한다. 아마 그 이유는 이 숲 주변에 흐르는 불길한 기류와 관련 있

겠지. 나도 이 숲 안에 들어오기 전에 그 기류에 압박감을 받았거든."

"……"

"너희들이 여기서 나가려면 그 기류를 뚫어야 하는데, 그 기류를 뚫는 방법이 이 구슬과 관계가 있다면?"

능서한은 계속 웃다가 이번에 처음으로 눈썹을 들썩였다.

"하지만 구슬들은 이 숲 밖에 있고 너희들은 나갈 수 없으니 구슬을 가진 사람을 안으로 들어오게 만들 수밖에 없었겠지. 그래서 마공이나 신물 같은 걸 구슬하고 교환해주는 거야. 너희들에겐 여기 있는 그 어떤 물건보다 바깥으로 나가는 게 더 가치 있는 일 일 테니 말이야."

진도운은 방긋 웃으며 말을 이었다.

"마인들은 이미 충분히 강해질 만큼 강해졌으니 미련 없이 마공서를 내줄 수 있었겠지."

능서한의 미소가 옅어졌다.

"어쩐지 처음 봤을 때부터 범상치 않은 분이라는 걸 느꼈습니다만……. 이렇게까지 알아낼 줄은 몰랐습니다."

"아직 더 남았다."

"또 있습니까?"

"만약 내가 말한 대로 구슬이 이곳을 나갈 수 있는 열쇠라면, 어째서 그 열쇠가 밖에 있는지 궁금하지 않겠어? 그건 딱 한 가지 이유로만 설명 되지."

능서한의 미소가 다시 진해졌다.

"어떤 이유요?"

"누군가 너희들을 여기에 가두고 이곳을 나갈 수 있는 열쇠를 밖에 둔 것이다. 그리고 구슬들을 여러 문파에서 나눠가져 지키고 있던 거지. 그렇게까지 하는 이유는 너희들이 아주 위험하기 때문일 테고."

그 말이 끝나자마자 능서한은 크게 숨을 들이마셨다.

"맞습니다."

"순순히 인정하는 건가?"

"사실 굳이 감출 필요는 없으니까요."

진도운은 고개를 갸웃거렸다.

"그런가?"

"이건 거래입니다. 우리에게 가치가 있는 것과 저 숲 밖의 사람들이 가치 있어 하는 걸 교환하는 거래. 그 뿐입니다. 그러니 그쪽이나 다른 사람들에게 아쉬울 건 없죠."

그 말에 진도운은 팔짱을 끼며 고개를 삐딱하게 꺾었다.

"구슬 하나에 원하는 걸 하나 내준다."

"그래야지만 저 밖에 있는 사람들이 다른 구슬을 가지고 다시 찾아오지 않겠어요?"

"그렇겠지. 이곳에 한 번 들어와서 이런 어마어마한 마공들이나 신물들을 가지고 틀림없이 욕심을 낼 거야."

"그렇죠. 그리고 마공서의 원본을 내준 것도 다른 사람들이 보고 진짜 원하는 걸 주는구나 생각하게 만드는 거죠.

게다가 먼저 온 사람이 가져간 건 다른 사람이 못 가지게 막아서 안달 나게 만드는 거죠. 그래야 빨리 구슬을 얻고 바꾸러 올 테니."

"……."

"말했잖아요. 사람의 욕심은 끝이 없다고."

진도운의 입꼬리가 꿈틀거렸다.

"그래서 구슬을 가지고 온 사람들을 절대로 건들지 않은 건가? 혹 여기 들어왔다가 무슨 일이 생겼다는 소문이라도 나면 다시는 구슬을 가져오지 않을 테니."

"맞습니다. 선조들로부터 시작된 계획이 지금까지 이어져 온 것이죠."

진도운은 책장에서 몸을 떼며 그 전각 안을 돌아다니기 시작했다. 그러자 자연스럽게 능서한이 따라붙었다.

"내가 궁금한 건 그동안 숱하게 구슬을 모았을 텐데 왜 밖으로 나가지 않았냐는 것이다. 이 숲 주변에 쳐진 그 불길한 기류는 구슬을 가지고 있으면 아무런 피해도 입지 않는데 말이지. 그동안 모은 구슬을 들고 밖으로 나가면 되지 않나?"

"선조로부터 물려받은 특수한 체질 때문입니다."

"그 남보다 천천히 늙는다는 체질 말이냐?"

진도운은 책장 사이를 걸으며 말했다.

"아까 마인에 대해 물으셨죠? 이런 특수한 체질들을 물려받은 저희들을 보고 마인이라 합니다. 저희 마인들은 숲 주변에 있는 기류에 영향을 받죠. 저 기류는 마인의 몸에 치명적인 기운이 실려 있으니까요. 그건 구슬로도 막을 수 없습니다."

"그럼에도 구슬을 모았다는 건······."

"아까 그쪽이 말한 게 맞습니다. 그 구슬은 우리들이 이곳에서 나갈 수 있는 유일한 열쇠입니다."

"방금은 아무런 효력이 없다고 그러지 않았나?"

"그건 기류를 뚫고 지나갈 때 효력이 없는 거지요. 아예 그 불길한 기류를 해체하려면 구슬이 필요합니다."

진도운이 멈칫 서며 능서한을 쳐다봤다.

"그 기류를 해체한다고?"

"그건 자연 발생한 기류가 아닙니다. 우리들을 가둬두려고 만든 진법에서 나온 기류지요. 그 진법을 해체하면 기류도 사라질 터, 하지만 그러기 위해선 구슬이 필요합니다."

"그 진법이 일종의 자물쇠군. 구슬은 그 자물쇠를 열 수 있는 열쇠고."

"열쇠가 좀 많이 필요하죠."

진도운은 그제야 구슬에 관한 걸 모두 이해할 수 있었다. 한 가지만 빼고 말이다.

"그런데 저 바깥에서 이 구슬을 가지고 있는 사람들은 이 구슬을 다르게 생각하던데."

구슬을 가지고 있는 모든 이들이 자신에게 이 구슬을 가져가면 원하는 걸 얻을 수 있다고 말했다. 그건 능사헌이

말한 것과 달랐다.

"그 구슬의 제대로 된 용도를 잊을 만큼 오랜 시간이 지 났죠."

"얼마나 지난 거지?"

"저희 선조들은 무림이라는 시대가 시작되기 전부터 이 곳에 갇혀 있었습니다."

진도운의 눈썹이 들썩였다.

"그건 너무 오래 됐는데."

"이 안에 먹고 자고 살만한 요건은 다 있으니까요. 또 필 요한 게 있으면 구슬을 가지고 온 사람들에게 부탁해서 가 져다 달라고 하면 됩니다."

"딱히 필요한 게 있나?"

"사람이 필요하죠."

진도운은 알겠다는 듯 고개를 끄덕였다.

"핏줄을 이으려면 사람이 필요하겠군."

"네. 하지만 이 저주받은 핏줄 때문에 저희들은 계속해 서 남들과는 다른 이상한 체질로 태어나 그 기류에서 뚫고 나갈 수 없었습니다."

능사헌은 덤덤한 목소리로 말을 이었다.

"그리고 시간이 변하면서 구슬의 주인도 바뀌게 되고 자 연스럽게 세월에 묻혀 구슬의 용도도 묻히는 거지요."

진도운은 피식 웃으며 능사헌의 몸을 쭉 훑어봤다.

"그럼 너희 선조들은 이곳에 왜 갇힌 거지?"

"그건 여기서 말할 게 아닙니다. 따라오시지요."

능사헌이 몸을 돌려 밖으로 나갔다.

능사현을 따라 간곳은 숲 외곽에 위치한 작은 사옥이었다. 그 사옥 역시 나무줄기에 뒤덮여 있었다. 그리곤 사옥 뒤로 살벌하게 흐르는 그 불길한 기류가 보였다.

"이쪽입니다."

능사헌은 사옥 안으로 들어갔고 진도운도 따라 들어갔다. 그리고 그 안에 덩그러니 놓여 있는 책 한권을 보았다. 능사헌은 그 책을 집어 진도운에게 건넸다.

"한 세대에 한 번씩 새 책에 내용을 옮겨 담습니다. 그래서 책이 깨끗합니다."

진도운은 그 책을 건네받고 곧장 겉표지를 넘겼다. 그의 말대로 책은 깨끗했지만 글씨가 너무 오래된 것이어서 읽을 수가 없었다. 그에 진도운은 다시 책을 건넸다.

"자네가 읽어보지."

능사헌은 이미 수없이 봐왔기에 책을 받지도 않고 그 안에 적힌 내용을 말하기 시작했다.

무림이라는 시대가 개막하기 전, 세상은 혼란 그 자체였다. 협이라는 개념조차 없던 시절에 무공이라는 힘부터 얻으니 세상에 피가 마를 날이 없었다. 그 중에서도 유독 사악한 무리들이 있었다. 그들은 인간의 욕심을 오직 힘으로

만 해결하며 다른 사람들에게 큰 피해를 주고 다녔다. 그게 어느 정도였냐 하면 남의 물건도 제 것처럼 가져다 쓰는 건 기본이었고 심지어 지나가는 여자가 마음에 들면 그대로 데려가서 겁탈까지 했다. 혹여 누군가 거부를 하면 자신들이 지닌 무공으로 거부하는 사람들을 죽였다.

나는 그들을 마(魔)라 칭했고 세상은 어느새 그들 무리를 가리켜 마교(魔敎)라 불렀다. 그것은 순전히 내가 그들을 보고 마라고 칭했기 때문에 붙은 이름이었다.

그렇게 마에 대한 개념이 생기니 자연스럽게 선(善)이라는 개념이 꽃을 피웠다. 지금 이 혼란스러운 세상이 잘못 됐다는 걸 깨달은 자들이 모여 선문(善門)이란 문파를 만들었다. 그리고 그들은 더 이상 세상이 혼란스러워지는 걸 지켜보지 못하며 마교를 상대로 전쟁을 벌였다.

전쟁은 처음에 백중지세로 흘러가는 듯 했으나 마교에서 특수한 체질을 가진 마인들이 나타나며 선문이 밀리기 시작했다. 그러던 어느 날, 우리는 우연히 한 마인을 잡게 되었고 외부에서 의원 한 사람을 초빙해서 마인의 특수한 체질에 대해 연구를 시작했다. 외부에서 초빙된 의원은 그 마인을 자신에게 넘기는 조건으로 연구에 들어갔다.

마인들은 모두 무공에 천부적인 자질을 보였고 내공도 남들보다 몇 배는 빠르게 쌓았다. 그리고 남들보다 천천히 늙어갔다. 또한 그들은 무공을 펼칠 때마다 온몸에서 사이한 기운을 풍겼는데, 그 기운은 그들의 무공에 고스란히 묻어나왔다. 어쩌면 그들이 마(魔)가 될 수밖에 없던 이유도 그 특수한 체질 때문 일지도 모른다.

하지만 그런 체질에도 아주 치명적인 기운이 있었으니, 바로 성력(聖力)이라 불리는 기운이었다. 성력은 불가의 기운으로 불가 출신의 무인들이 몸 안에 축적하고 있는 기운이었다.

외부에서 초빙된 의원은 성력에 대해 알려주고선 마교의 특수한 체질을 가지고 떠났다. 나는 의원에게 마인의 몸을 어디에 쓸 거냐고 물었고 그 의원은 마인의 몸을 본 따서 몸을 개조시킬 거라고 말했다. 그렇게 그 의원은 떠났고 먼 훗날 신환방이란 문파를 세웠다는 소식을 들었다.

그 뒤로 선문은 불가의 고승들을 대거 초빙해서 성력을 토대로 무공을 만들거나 수정하며 힘을 키웠고 마교와 대등하게 맞서 싸울 수 있었다. 하지만 이미 마인들은 오랫동안 힘을 축적한 덕분에 맞서 싸우는 것도 한계가 있었다.

그래서 나는 함정을 파고 마인들을 꾀어내었다. 그리곤 그 함정 주변에 풍아절진이라는 태풍처럼 거친 기류를 형성하는 진법을 설치했다. 게다가 고승들이 직접 절진 안으로 들어가 자신의 성력을 풍아절진 안에 쏟아내었다. 그들은 마교의 악행을 참지 못하고 스스로를 희생하면서 성력을 쏟아낸 것이다. 그래서 마인들은 그 안에 갇히고 말았다.

나는 풍아절진을 해체할 수 있는 50개의 구슬을 선문의 무인들에게 각자 한 개씩 나눠주었다. 그 50개 중 하나라

도 없으면 풍아절진을 해체할 수 없었다.

그 뒤로 세상엔 평화가 찾아왔다. 아직 마교의 잔당들이 남아있었지만 그들은 더 이상 예전만큼 무소불위의 권력을 누릴 수 없었다. 그리고 선문도 마교 때문에 뭉친 것인 만큼 자연스럽게 해체되었다.

세상 각지로 흩어진 선문의 사람들은 각자 다양한 문파를 만들며 '백도'라는 길을 새로 만들었다. 그것은 더 이상 무공이 나쁜 쪽으로만 사용되지 않기 위해 내세운 길이었다. 그리고 마교의 잔당들 역시 흩어져서 각자의 삶을 살아갔다. 그 뒤로 그들의 손에 의해 '흑도'라는 길이 새롭게 열렸다.

그렇게 무림의 시대가 시작되었다.

"마교나 선문은 처음 듣는군."

"그쪽 말고도 몇몇 사람들에게 이 책을 보여준 적은 있지만 다들 처음 듣는다고 하더군요."

무림의 시대가 열리기 전의 세상이다. 그런 일을 수백 년이 지난 지금의 시대에 알고 있는 사람이 있을 리 만무했다.

'성력은 지금의 말로 따지면 항마력이겠군.'

마공이 불가의 무공에 취약하다는 건 이미 널리 알려진 사실이었다. 그래서 요즘 시대에는 불가의 기운을 일컬어 항마력이 깃들어있다고 표현했다.

하지만 그보다 더 눈이 가는 것이 있었다.

'신환방이라고?'

진도운은 그 책에 나온 의원이 세웠다는 문파를 떠올렸다.

'신환성체는 이들 마인의 몸을 본 따서 만든 거로군.'

하지만 이들과 다르게 자신은 아무런 거리낌 없이 풍아절진을 통과했다. 게다가 지금 눈에 보이는 이 자의 뼈대와 자신의 뼈대는 달랐다.

'하긴, 수백 년 동안 발전시키면서 신환방 나름대로 수정을 한 거겠지.'

그때, 능사헌이 싱긋 웃었다.

"가끔 이 안에 불가의 사람들이 들어올 때도 있었습니다. 그들의 기운은 마인들이 풍기는 마기에 격렬하게 반응했죠."

그럴 것이다. 지금 중원에 있는 불교 자체가 서장에서 넘어온 것이니.

진도운은 잠시 그 책을 내려다보다가 연신 고개를 저었다.

"왜 나에게 이런 걸 보여준 것이지?"

"그대와 한 가지 거래를 하고 싶습니다."

"무슨 거래?"

능사헌은 방긋 웃었다.

"지금껏 그대처럼 구슬을 3개나 모아온 사람은 없었습니

다. 그 오랜 세월 동안 한 사람이 구슬을 2번 가져온 것도 극히 드문 일이었습니다. 그런데 그대는 한 번에 3개나 가져왔습니다."

진도운의 입꼬리가 꿈틀거렸다. 그의 의도를 알아차린 것이다.

"나보고 구슬을 모아오라는 건가?"

"제가 밖으로 나가야 할 이유가 생겼습니다."

"그게 뭐지?"

"오래 전에 마인 한 명이 탈출했습니다."

진도운의 눈이 휘둥그렇게 뜨였다.

"어떻게 탈출했단 말이냐?"

"만라전상대법으로 몸을 바꿔서 마인 한 명이 세상으로 나갔습니다."

그 말에 진도운은 불현 듯 한 사람이 떠올랐다. 사곡문을 비롯해서 흑도의 문파들을 규합하려는 자!

'그 자는 분명 구슬의 주인이라 했다. 그럼 그 자가 이곳에서 탈출한 마인이란 말인가?'

진도운은 실소를 흘렸다.

"그 마인은 헛된 망상에 사로잡혀 있습니다."

"무슨 망상 말이냐?"

"그 마인은 한때 마인들이 가장 성세를 이루었던 마교의 부활을 꿈꾸고 있습니다."

진도운의 입꼬리가 꿈틀거렸다.

'그래서 흑도의 문파들을 규합하는 거로군.'

애초에 흑도가 마교의 잔당들에 의해 열린 길이니, 흑도의 문파들만 모아 일파를 만드는 것일 터.

'내가 생각했던 것보다 큰일을 벌이고 있군.'

진도운은 실소를 흘렸다.

"마인이 탈출했다면 여기에 있는 마공도 꽤 유출됐겠군."

"그럴 겁니다. 여기 있는 마공을 기초로 마교를 세우겠다고 했으니……."

"골치 아파지겠군."

진도운은 자신이 사곡문을 멸문시키며 그 자를 건드렸다는 사실을 다시금 떠올렸다.

"그 마인의 이름은 하종월이었습니다."

무림에서 듣지 못한 이름이었다. 만라전상대법으로 다른 사람의 몸에 들어가 있을 테니, 어쩌면 그건 당연한 일이었다.

"이곳에 평생 갇혀있다 보면 가끔씩 들어오는 무림인들의 말에 바깥 세상에 대한 환상을 가지게 되지요. 그건 어느 마인이나 마찬가지였습니다만 그 중에서도 하종월은 유별났습니다."

"어딜 가나 그런 놈은 있기 마련이지."

진도운은 냉소를 지으며 말했다.

"바깥세상에서 무림인이 들어오면 하종월은 옆에 딱 붙어서 무림에 대한 얘기를 해달라고 했습니다. 그래서 처음

에는 그저 무림에 관심을 갖고 있는 줄 알고 있었습니다. 하지만 얼마 가지 않아 알게 되었죠. 그를 매료시킨 건 무림이 아니라 마교였습니다."

"하종월도 그 책을 읽은 건가?"

진도운은 마교와 선문의 이야기가 적혀 있는 서책을 가리키며 말했다.

"모든 마인들이 이 책을 읽었습니다. 하지만 정작 마교에 매료된 건 하종월 한 명뿐이었습니다. 그래서 하종월은 마교를 만들자며 다른 마인들을 꾀어내기 시작했습니다. 하지만 다른 마인들은 들은 척도 안 했고 결국 일이 터지고 말았죠."

"……."

"이 안에 마인들끼리 갇혀 있다 보니, 마인들끼리 싸우는 경우가 꽤 있습니다. 그때마다 제가 나서서 중재를 하죠. 그게 제 일이기도 하고요."

진도운의 눈썹이 꿈틀거렸다.

"하종월이란 놈이 다른 마인과 싸웠나 보군."

"그렇습니다. 평소에도 문제를 많이 일으키는 놈이긴 했는데 그날은 정도를 넘어섰더군요."

"정도를 넘어섰다고?"

진도운은 고개를 갸웃거리며 물었다.

"이 숲에는 한 가지 불문율이 있습니다. 무슨 일이 있어도 마인은 다른 마인을 죽여서는 안 된다는 겁니다."

"하종월은 그 불문율을 어긴 건가?"

"예. 다른 마인을 죽였습니다. 지난 수백 년 동안 이어져 온 불문율이 그놈 때문에 깨졌습니다."

"무슨 일로 싸운 거지?"

"다른 마인이 자신의 말을 무시한다는 이유로 시비를 걸었더군요. 자신은 강자이고 다른 마인은 약자인데 왜 자신의 말을 듣지 않냐고……."

"마교가 하던 짓을 그대로 답습했군."

그 책에 적혀 있는 마교의 악행과 똑같았다.

"하종월이 다른 마인을 죽이고 나서 '이게 마교의 규율이다'라는 말을 남겼습니다. 그러니 다들 자신의 말을 따르라고, 그렇지 않으면 똑같이 죽여주겠다고 엄포를 놓았습니다."

"쉽게 말해 마교 놀이를 한 거로군."

능사헌은 쓰게 웃었다.

"그런 셈입니다. 그리고 그걸로 만족하지 못했는지 저에게 덤비더군요."

"자네가 이 숲의 주인이니까. 이 숲을 마교로 만들려면 자네부터 없애야겠지. 그런데 자네가 아직까지 살아있는 걸 보면 자네가 이겼나 보군."

능사헌은 고개를 끄덕였다.

"그 뒤로 하종월은 조용했습니다. 더 이상 마교 타령도 하지 않고 조용히 지냈죠. 그래서 저는 하종월이 마음을 고쳐먹은 줄 알았습니다만 속으로는 다른 꿍꿍이를 품고 있

었습니다."

"그게 만라전상대법인가?"

"예. 구슬을 가지고 들어온 무림인에게 만라전상대법을 걸어서 이곳을 빠져나갔습니다."

"그럼 하종월의 몸에 들어온 자는……."

"하종월은 자신의 목을 자르며 죽었기에 하종월의 몸으로 들어간 자는 살아남지 못했습니다."

만라전상대법은 만라전상대법에 걸린 두 사람이 죽어야지만 발동된다. 그건 이미 송표기에게 들은 적이 있기에 진도운도 익히 알고 있는 사실이었다. 그래서 그는 여유롭게 웃었다.

"마치 어린 아이 같군."

"말하지 않았습니까? 다들 순수하다고. 그래서 위험하다고. 사람들이 사는 세상을 겪지 못했으니 다들 야생의 짐승들처럼 본능에만 충실해지는 거지요. 하종월에겐 그게 마교였을 뿐."

"그러니까 도수진도 자기보다 눈에 띄는 건 다 없애버린 거겠지."

"그건 몇 번을 말해도 안 고치더군요."

그 말에 피식 웃은 진도운은 손가락으로 방바닥을 툭툭 치다가 돌연 고개를 갸웃거렸다.

"그런데 너희들은 왜 만라전상대법으로 이곳을 벗어나지 않는 거지? 하종월이 만라전상대법으로 벗었났다는 건 너희들도 가능하다는 얘기가 아닌가? 그럼 굳이 구슬을 모을 필요도 없을 텐데 말이야."

"우리 마인들의 몸엔 술법이 잘 통하지 않습니다. 그래서 저희들의 몸에 만라전상대법을 펼쳐도 반드시 성공하리란 법은 없습니다. 만라전상대법이 실패로 돌아가면 영혼은 영영 몸을 잃고 세상을 떠돌아다니게 됩니다."

진도운이 한쪽 눈썹을 꿈틀거렸다.

"술법이 통하지 않는다고?"

"그나마 만라전상대법이나 되니까 조금이라도 저희 몸에 통하는 겁니다. 다른 웬만한 술법들은 우리 몸에 아무런 영향도 주지 못합니다. 정확히 말하자면 우리들의 몸은 마기를 제외하곤 모두 거부하는 거지요."

그 말에 진도운은 쓰게 웃었다.

'신환성체는 만라전상대법을 거부하지 않던데.'

자신이 백우결의 몸에 들어왔다는 건 마인의 몸을 본 따 만든 신환성체가 만라전상대법을 거부하지 않았다는 것이다. 하지만 그것 말고도 마인의 몸과 신환성체의 차이는 더 있었다. 그건 신환방에서 수백 년 동안 연구하면서 변한 것일 터, 그래서 그 차이 역시 납득할 수 있었다.

"그래도 하종월은 용케 만라전상대법을 성공해서 빠져나갔군."

"이곳이 처음 세워졌을 때만 해도 마인들이 100명 넘게 있었습니다. 하지만 지금은 10명이 채 되질 않죠. 그 원인

에는 만라전상대법의 실패가 있습니다."

"그렇게 많은 사람들이 만라전상대법을 실패했단 말인가?"

"간혹 성공한 사람도 있었습니다만……. 그 마저도 몸을 바꾸고 얼마 지나지 않아 죽었습니다."

진도운은 슬며시 미소를 지었다.

"하종월에게 천운이 따랐군."

"아마 제가 모르는 무언가가 더 있을 겁니다. 그러니 다른 사람들과 다르게 무사히 이 숲에서 빠져나간 거겠지요."

흥미롭게 얘기를 듣던 진도운은 마치 볼 일을 다 봤다는 듯 미련 없이 사옥 밖으로 나왔다. 그러자 능사헌이 곧장 그의 옆으로 따라붙었다.

"어떻습니까? 저와 거래를 하시겠습니까?"

"거래라는 건 서로 무언가를 주고받는 것인데……. 내가 구슬을 모아오면 너희들은 내게 무엇을 줄 수 있단 말인가?"

"이 숲에 있는 모든 걸 드릴 수 있습니다."

헌데, 진도운의 표정은 싸늘하게 식어서 아무런 감흥도 보이지 않았다. 그러자 능사헌의 얼굴이 초조해졌다. 늘 여유롭게 웃던 그의 얼굴에서 보기 힘든 표정이었다.

"그 이상을 줘야지."

"특별히 원하는 거라도 있으십니까?"

"글쎄……."

진도운은 마인들이 탐났다. 이들의 몸이 술법이 잘 듣지 않는다는 걸 듣자마자 자연스럽게 철본혈교를 떠올렸다. 철본혈교는 무공보다 사사로운 잡술에 능해서 아무리 고강한 무공을 지니고 있어도 상대하기 까다로웠다. 게다가 지금 송표기가 구야혈교에 잡혀 있으니, 철본혈교의 그런 특이한 수법들이 언제 구야혈교로 넘어갈지 모른다. 그런데 이들의 몸은 그런 잡술이 통하지 않는 몸이니 철본혈교의 상대로 제격이었다. 또한 마인들은 척 보기에도 무위가 뛰어나서 이들을 부하로 삼을 수만 있다면 구야혈교를 상대로 큰 힘이 될 것 같았다.

"너희 마인들이 내 일을 도와줬으면 하는데."

그 말에 능사헌이 멈칫 섰다. 하지만 진도운은 모른 척 앞만 보고 걸었다.

"부하가 되어달란 말씀이십니까?"

"자네와는 말이 잘 통하는 것 같군."

그에 지그시 미소를 지은 능사헌이 다시 진도운의 옆에서 걸었다.

"이미 몇몇 마인을 만나봐서 아시겠지만 마인들이 쉽게 누구 말을 들을 사람들이 아닙니다."

"그래도 자네 말은 잘 듣는 것 같던데."

"저는 그저 관리인일 뿐입니다. 말이 좋아 숲의 주인이지 실제로는 마인들을 뒤치다꺼리나 하는 수준이지요. 다른 마인들도 그걸 알기 때문에 제 말을 들어주는 것뿐입니

다. 하지만 부하가 되는 건 다른 차원의 일입니다."

진도운은 걸음을 멈추고 숲을 둘러봤다.

"아까 자네가 이 숲에서 나갈 이유가 생겼다고 하면서 하종월에 대한 얘기를 꺼냈지. 마치 자신이 나가는 이유가 하종월 때문인 것처럼 말이야."

능사헌은 심각하게 표정을 굳히며 고개를 끄덕였다.

"누군가는 하종월을 말려야 합니다."

"어차피 자네도 마인이 아닌가? 차라리 하종월을 도와 마교를 세우는 게 자네에게도 더 나을 텐데."

능사헌은 쓴웃음을 지었다.

"저는 마교의 최후가 어땠는지 잘 알고 있지 않습니까? 저는 단지 마교의 후예라는 이유로 수백 년 동안이나 이런 곳에서 갇혀 있습니다. 그런데 하종월이 또 마교를 일으켜서 무림의 반발을 사게 된다면 저희들이 수백 년 동안 갇힌 것처럼 우리의 후손들도 오랫동안 갇혀 살 겁니다. 그럼 구슬을 모아 나가는 의미가 없어지죠."

"자네는 다른 마인들과 좀 다른 것 같아."

다른 마인들이 어린 아이처럼 행동하는 천방지축 같았다면 능사헌은 조숙한 어른 같았다. 그래서 그와 대화를 나누다 보면 가끔씩 마인이라는 걸 잊었다.

"저는 바깥세상에서 사람들이 올 때마다 그들의 몸짓을 따라하고 그들의 생각을 엿들었습니다. 본능대로 움직이는 마인들 틈에서 한 사람 정도는 이성적으로 생각할 필요가 있으니까요. 그래야 언젠가 바깥세상으로 나갈 때 다른 사람들과 잘 어울리지 않겠습니까?"

"자네는 바깥세상에서 아예 정착을 하려는 것처럼 보이는군."

능사헌은 미소를 지으며 고개를 끄덕였다.

"하지만 저 역시 마인이라 간혹 본성이 튀어나올 때가 있습니다."

"마인의 본성이라."

"마인의 가장 근원적인 본성은 모든 걸 힘으로 억누르려는 성정이겠지요. 그래서 간혹 한쪽이 좋지 못한 사태로 끝날 때가 있습니다. 마치 하종월처럼 말입니다. 그런데도 마인들을 부하로 삼겠다는 겁니까?"

그 말에 진도운이 씩 웃었다.

"내가 그런 본능을 좀 좋아해서 말이야."

"……."

능사헌은 진도운의 얼굴에 떠오른 미소를 보며 어이가 없다는 듯 실소를 흘렸다.

진도운이 능사헌을 따라 간 곳은 통나무로 만들어진 작은 서고 앞이었다.

"이 안에 필사본이 있습니다. 그쪽이 찾고 있던 만라전 상대법의 필사본도 이 안에 있습니다."

"이젠 거리낌 없이 보여주겠다는 건가?"

"아시다시피 구슬 하나당 가져갈 수 있는 건 하나라는 규칙은 사람들은 안달 나게 만들어서 더 많은 구슬을 가져오도록 하는 규칙입니다. 그런데 그쪽이 저희와 거래를 맺는다면 그런 규칙도 필요 없겠지요."

진도운은 피식 웃었다.

"사람의 욕심을 자극하는 규칙이라. 누군지 몰라도 제법 머리를 썼군."

"그 덕분에 저희들은 벌써 구슬을 35개나 모았습니다."

"지난 몇 백 년 동안 35개면 그리 많은 것 같지는 않은데."

"그래서 그쪽처럼 한 번에 3개나 가져온 사람과 거래를 하려는 겁니다. 그런 경우는 한 번도 없었으니……."

능사헌은 눈앞에 있는 서고를 가리키며 말을 이었다.

"이 서고는 제 호의라고 생각해주시면 됩니다."

그 서고는 지금껏 외부인에게 한 번도 개방한 적이 없는 서고였다. 그 안엔 이미 다른 사람들이 가져간 각종 비급서들의 필사본이 남아있었다. 하지만 진도운은 그 서고를 앞두고 멈춰 섰다.

"내가 원하는 건 너희 마인들이다."

"말씀 드렸다시피 마인들을 부하로 다루는 건……."

"그건 내가 상관할 바가 아니지. 자네가 마인들을 잘 구슬려서 내 부하가 되도록 만들어야지."

"……."

능사헌은 깊은 한숨을 내쉬었다.

"거래라는 건 서로가 원하는 걸 주고받아야 하는 법이야. 자네가 내 제의를 받아들이면 저 안에 들어가는 걸로 자네의 호의를 받아 주지. 그게 아니라면 나는 구슬을 가지고 떠날 거네. 그리고 다시는 이 숲으로 돌아오지 않을 거야."

그럼, 나머지 48개의 구슬을 모두 모아도 이곳에서 나갈 수 없게 된다. 그건 능사헌을 구석으로 몰아붙이는 말이나 마찬가지였다. 이제 능사헌이 선택할 수 있는 건 두 가지뿐이었다. 진도운의 제안을 받아들이거나, 진도운에게서 2개의 구슬을 뺏어서 지금까지 해왔던 대로 해가는 것이다.

능사헌은 방긋 웃었다.

"그럼 그쪽이 원하는 걸 드려야지요."

"내 부하가 되겠단 말이냐?"

"그래야지만 저희들이 여기서 나갈 수 있는 게 아닙니까?"

진도운은 잠시 그를 빤히 바라봤다. 그의 얼굴엔 가면처럼 두꺼운 웃음이 떠올라 있었다. 그에 진도운의 입꼬리가 꿈틀거렸다.

"그렇지. 이제야 거래라는 걸 이해했군."

"그럼 이제 제 호의를 받아주시지요."

능사헌은 창고를 향해 손을 뻗으며 말했다. 그제야 진도운이 창고 앞으로 다가갔다. 헌데, 그가 창고 문 앞에 선 순간 창고 안에서 날카로운 기운이 쏟아져 나왔다.

쐐애애액!

파공음이 울리며 문이 산산조각 났다. 그와 동시에 안쪽에서 예리한 기운 수십 줄기가 쏟아져 나와 진도운의 주변을 스치고 지나갔다. 그건 일부러 진도운을 맞추지 않은 것이었다.

"꺼져라. 여기는 외부인이 오는 곳이 아니다."

창고 안쪽에서 냉랭한 목소리가 울렸다.

진도운은 창고 안에 있는 문사풍의 중년인을 보며 웃었다. 그 중년인은 얇고 긴 검을 내민 채 서있었는데, 그 검에서 예사롭지 않은 기운이 풍겼다.

'범상치 않은 검이군.'

그 검이 지닌 예기만으로 바위마저 벨 수 있으리라.

"그분을 안으로 들여보내주게."

뒤에서 능사헌이 말했다. 그러자 안에 있던 중년인이 잠시 움찔했다가 검을 허리춤에 집어넣고 밖으로 걸어 나왔다. 그리곤 진도운의 곁을 스쳐 지나갔다.

'역시, 다들 능사헌의 말을 잘 듣는군.'

진도운은 그 중년인이 나오고 나서 안으로 들어갔다.

밖에서 봐도 창고는 작았기에 그 내부라고 넓지는 않았다. 하지만 그 안에 놓여 있는 게 많지 않아서 고개를 한 번 돌리는 것으로 모든 필사본들이 눈에 들어왔다. 기악신공부터 익숙한 이름의 마공서들까지 나열되어 있었다. 그 필사본을 쭉 훑고 지나가는 진도운의 시선이 중간에 딱 멈췄다. 만라전상대법의 필사본을 찾은 것이다.

진도운은 그 필사본을 펴서 안의 내용을 빠르게 훑었다. 대부분이 알고 있는 내용이었다. 가끔씩 모르는 내용이 튀어나오기도 했지만 그건 중요한 게 아니었다. 중요한 건 지금 자신의 몸에 걸려 있는 만라전상대법을 푸는 것이었다.

'이대로 있으면 송표기와 몸이 바뀌고 만다.'

진도운의 손은 빠르게 책장을 넘겼고 금세 그 필사본의 후반부에 도착했다. 그리고 그곳에 만라전상대법을 푸는 방법이 적혀 있었다.

'간단하군.'

만라전상대법에 걸린 두 사람 중 한 사람을 다른 사람과 엮어서 다시 만라전상대법을 거는 것이었다. 그럼 기존의 만라전상대법으로 연결 된 두 사람의 고리는 후자에 걸린 만라전상대법이 펼쳐지면서 자연스럽게 끊겼다.

'송표기에거 만라전상대법을 다시 걸어서 다른 사람하고 몸을 바뀌게 만들면 나는 무사하겠군.'

진도운은 그 필사본을 덮어 품속에 넣었다. 그리고 몸을 돌려 나가려는 찰나, 다른 마공서들이 눈에 들어왔다.

'기악신공은 필요 없으니…….'

이미 자신의 몸엔 내공이 차고 넘쳤다. 그래서 기악신공을 뛰어넘고 다른 마공서를 훑어보았다.

'하나 같이 엄청난 마공들뿐이군.'

잠깐 훑어보는 것만으로도 감탄이 나왔다. 하지만 그뿐이었다. 여기 있는 것들로는 귀살류나 천목수를 뛰어넘지

240

못했다.

'주마신공을 생각했는데, 그 이하이군.'

주마신공은 귀살류나 천목수에 어깨를 나란히 할 정도로 뛰어난 무공이었다. 그래서 기대를 하고 다른 마공을 살펴봤는데, 대부분 자신의 기대에는 못 미쳤다.

'아직 내가 못 본 마공서는 많으니까.'

진도운은 주마신공이 있던 서고에 가득 차있는 마공서를 떠올렸다. 그리곤 창고 밖으로 나왔다. 창고 밖에선 능사헌과 아까 자신에게 검을 날린 문사풍의 중년인이 나란히 서 있었다.

"만라전상대법의 필사본은 내가 가져가지."

그 말에 중년인이 또 움찔거렸으나 능사헌은 밝게 웃으며 고개를 끄덕였다.

"그 정도 성의는 보여야겠지요."

"난 자네처럼 말이 잘 통하는 사람이 좋더군."

"저도 마찬가지입니다."

"그럼 이왕 성의를 보이는 김에 주마신공이 있던 서고를 다시 보여주겠나? 다른 마공서들도 보고 싶은데."

그 말에 옆에 있던 중년인이 두 눈을 부릅떴다.

"주마신공은……."

하지만 능사헌이 손을 들어 그의 말을 끊었다. 그리곤 진도운을 보며 방긋 웃었다.

"구슬을 가져오면 이곳에 있는 모든 마공서를 드리지요.

하지만 그 전에는 안 됩니다. 마공서를 보고 나가서 구슬을 안 가져오면 우리만 손해니까요."

"하긴, 그것도 그렇군."

진도운은 뒷짐을 쥐며 걷기 시작했다. 그러자 능사헌이 그 옆에 따라붙었고 문사풍의 중년인은 창고로 달려갔다.

숲 속을 거닐던 진도운은 문득 걸음을 멈추며 능사헌을 쳐다봤다.

"아까 신물도 있다고 그러지 않았나?"

"언제는 여기 있는 게 필요 없는 것처럼 말씀하셔놓고 이제 와서 신물을 찾는 겁니까?"

진도운은 품속에 있는 2개의 구슬 중 하나를 꺼내 내밀었다.

"온 김에 하나 가져가면 좋겠다 싶더군."

"필사본을 가져가셨으니 나머지 한 개도 주시지요."

"하나는 만일의 경우에 대비해 내가 갖고 있지. 자네가 다른 마공서를 보여주지 않은 것처럼 말이야."

능사헌은 피식 웃었다.

"그렇게 마공서가 탐나십니까?"

진도운이 마공서를 보고 싶은 이유는 무공의 수준을 보고 마인들의 무력을 짐작하기 위해서였다. 하지만 진도운은 굳이 그 말을 부정하지 않았다. 그렇게 생각하도록 놔두는 게 자신에게 더 도움이 되기 때문이다.

"신물이나 보여주지."

그 말에 능사헌이 싱긋 웃으며 몸을 돌렸다.

"이쪽입니다."

능사헌을 따라 간 곳에 도수진이 있었다. 도수진은 웬 누각 앞에서 이리저리 돌아다니고 있었다.

"여기서 뭐하는 겁니까?"

능사헌이 말하자 도수진이 화들짝 놀라며 반대쪽으로 훌쩍 몸을 날렸다.

"저를 쫓아다니는 건가요?"

"제가 가는 곳에 도수진 소저가 있었을 뿐입니다."

"그냥 제가 좋으면 좋다고 말을 하세요. 이렇게 쫓아다니지 마시고요."

아무래도 그녀는 남의 말을 듣지 않는 것 같았다. 그녀가 몸을 돌려 나가려 하자 진도운이 신표혈리술로 몸을 날려 그녀의 앞에 섰다.

"……!"

그녀는 눈앞에서 갑자기 솟아나는 진도운을 보고 눈을 휘둥그렇게 떴다. 하지만 진도운은 부드러운 미소를 지으며 그녀의 손을 잡았다.

"다음에 들어오면 꼭 너를 데리고 가지."

"……."

그녀는 눈만 깜빡거리며 모든 움직임을 멈췄다. 그리고 진도운은 그녀의 손을 놓고 누각 안으로 들어갔다. 그제야 정신을 차린 그녀는 갑자기 숲속으로 몸을 날리며 자취를 감췄다.

"쓸데없는 짓을 하셨군요."

능사헌이 뒷짐을 쥔 채 누각 안으로 들어오며 말했다.

"저렇게 순수한 사람들은 사소한 접촉에도 과민 반응하는 법이지. 더군다나 이곳에 평생 갇혀서 나 같이 젊은 남자를 보는 경우가 없을 때는 더더욱 그렇지."

"저도 겉보기에는 젊어 보입니다."

"그래봤자 너는 가족이잖아. 어려서부터 부대끼고 자라났을 테니 너를 봐도 아무런 감흥도 없겠지.

진도운은 말을 하며 누각 안에 있는 온갖 물건들은 훑어보았다. 무기에서부터 다양한 종류의 옷까지, 그 모든 것은 겉보기에 투박하게 보였으나 그걸 훑어보는 진도운의 눈에는 활기가 가득했다.

"한때 마교에서 쓰던 물품들입니다. 그런데 바깥세상에서 온 사람들이 여기 있는 걸 보더니 신물이라며 놀라워하더군요."

충분히 그럴 만 했다. 여기 있는 물품들은 하나 같이 신묘한 기운을 품고 있어서 무공을 모르는 일반인들이 껴도 엄청난 위력을 발휘할 것이다. 이런 건 바깥세상에선 일평생 한 번 보기도 힘들건만 지금 이곳엔 누각을 가득 채울 만큼 많았다.

진도운은 그 신물들 사이에서 새카만 장갑 한 짝을 꺼냈다.

"내가 쓸 만 한 건 이것뿐이군."

"그건 좀 위험한 물건입니다."

하지만 진도운은 거리낌 없이 그 장갑을 양 손에 껴보았다. 자신의 손보다 장갑이 커서 공간이 많이 남았지만 별 탈은 없었다.

"아무렇지도 않은데?"

"장갑에 내공을 집어넣어 보시지요."

진도운은 그의 말대로 내공을 장갑에 모았다. 그러자 장갑 밖으로 새카만 연기가 스멀스멀 피어올랐다. 그와 동시에 죽음의 냄새가 진하게 풍겼다.

그 새카만 연기 자체가 음산하고 사이한 기운이었다. 그건 바깥세상에서 한 번도 볼 수 없는 생소한 기운이기도 했다. 게다가 그 기운에 닿은 공기에서 치이익 소리가 나며 요동을 치기 시작했다. 마치 그 모습이 비명을 지르는 것처럼 보였다.

부스스!

그 검은 연기에 닿은 누각 바닥이 새카맣게 그을려서 마치 타들어가는 것처럼 녹아내렸다. 헌데, 그 검은 연기는 위로 올라와 자신의 얼굴에도 닿았다.

'으음.'

만약 신환성체가 아니었다면 얼굴 피부도 새카맣게 물들어 타들어갔을 것이다.

진도운은 내공을 거두며 히쭉 웃었다.

"이 물건, 마음에 드는군."

"암흑마수(暗黑魔手)라는 겁니다. 그 장갑에서 쏟아내는 죽음의 기운이 너무나 강렬해서 우리 마인들도 쓰지 못하고 있습니다. 그래도 그걸 가져가시겠다고 하시는 겁니까?"

그 말에 진도운은 자신의 신환성체가 마인의 몸보다 튼튼하다는 걸 깨달았다. 적어도 암흑마수가 뿜어내는 죽음의 기운은 자신의 몸에 아무런 상처도 내지 못했으니까 말이다.

"그래. 난 이게 마음에 들었다."

그 장갑이 자신의 손보다 크다는 것 말곤 모든 게 흡족했다.

"마음대로 하시지요."

능사헌은 몸을 돌려 누각 밖으로 나갔다. 그에 진도운은 암흑마수를 벗어 품 안에 넣곤 능사헌을 따라 걸음을 움직였다.

"여기는 신기한 게 많군."

"아직 더 보실 게 남았습니까?"

그 말에 진도운은 실소를 흘렸다.

"자네는 마치 내가 빨리 이곳을 나가주기를 바라는 것 같군."

"그래야 저희들이 구슬을 빨리 얻으니까요."

그 뒤로 진도운은 숲을 몇 군데 더 돌아다니긴 했지만 딱

히 마음에 드는 게 없어서 처음 왔던 곳으로 되돌아갔다. 여전히 그곳에는 태풍처럼 거칠게 돌고 있는 기류가 벽처럼 막혀 있었다. 능사헌이 갈 수 있는 곳은 딱 그 앞까지였다.

"저는 여기까지입니다."

능사헌은 손에 쥐고 있던 구슬을 내밀었다.

"왜 구슬을 다시 주는 거지?"

진도운은 그 구슬을 받으며 말했다.

"다시 주는 게 아니라……."

진도운은 아까 전에 능사헌이 맨 구슬은 거부하고 자신의 피가 들어간 구슬을 달라고 한 걸 떠올렸다.

"아, 이 안에 내 피를 넣어달라고?"

"맞습니다."

"그냥 자네 피를 넣지 그래."

"마인의 피로는 구슬이 발동하지 않습니다. 구슬이 발동해야지만 이 기류를 만들어낸 풍아절진을 해체할 수 있지요."

진도운은 오른손으로 수도를 만들어 왼쪽 손바닥 끝을 살짝 그었다. 그러자 피부가 벌어지고 피가 찔끔 흘러나왔다. 그 위에 투명한 구슬을 대고 문지르자 피가 안으로 들어가며 핏빛 안개를 형성했다.

진도운은 그 구슬을 내밀었다.

"이제 만족하나?"

능사헌은 구슬을 받아 품속에 넣고는 정중히 포권을 취했다.

"바깥세상에서는 이렇게 인사를 한다지요."

"그래. 그렇게 인사를 하지."

하지만 진도운은 포권을 하지 않고 곧장 몸을 돌려 기류 밖으로 나갔다. 그러자 홀로 포권을 취하고 있던 능사헌의 입에서 작은 한숨이 새어나왔다.

저벅저벅.

능사헌의 뒤로 문사풍의 중년인이 나타났다. 그 자는 아까 필사본이 있는 창고를 지키던 자였다.

"무슨 생각으로 필사본을 내어준 게냐?"

"저 자와 한 가지 거래를 했으니, 그리 걱정하실 필요는 없습니다."

"거래라고?"

능사헌은 진도운과 했던 거래 내용을 알려주었다. 그러자 중년인의 얼굴이 미묘하게 일그러졌다.

"너는 저 자가 다른 구슬도 모아올 거라고 생각하나?"

"지금껏 바깥세상에서 온 자들 중에 가장 강한 자였습니다. 저조차도 버겁게 느낄 만큼 강했습니다."

"그럴 리가……."

"지금까지 우리가 알고 있는 바깥세상의 사람과는 다른 사람이었습니다."

중년인은 심각하게 표정을 굳히며 능사헌의 옆에 섰다.

"그래서 저 자에게 구슬을 가져오라 시킨 건가?"

"지난 수백 년 동안 모은 구슬이 고작 35개입니다. 그런데 저 자는 혼자서 한 번에 3개나 가지고 왔습니다. 저 자를 이용하면 본래 우리가 계획했던 것보다 더 빨리 구슬을 모을 수 있습니다."

"하지만 저 자의 부하가 되는 건……."

능사헌은 피식 웃으며 돌아섰다.

"누가 그 약속을 지킨다고 했습니까?"

"……."

그 중년인은 점점 멀어져가는 능사헌의 뒷모습만 바라봤다.

天河鬼王

23장.

근바보

진도운은 만금성으로 돌아오자마자 등소현을 찾았다. 그녀는 만금성 한쪽에 텃밭을 가꾸고 있었다. 아무래도 그곳에 진도운이 말했던 독초를 키우려는 듯 보였다. 그래서인지 그 텃밭 주변에 있는 그녀를 제외하고 사람들이 한 명도 없었다.

"여기서 독초를 기를 거라 함부로 들어오면 위험해요."

그녀는 손을 저으며 소리쳤다. 그러다 문득 이 안으로 들어온 사람이 진도운이라는 걸 확인하고 손을 내렸다.

"아, 성주님은 진백고도 맨 손으로 만지신 분이니 얼마든지 들어와도 되요."

진도운은 피식 웃었다.

"조만간 진백고가 몇 개 더 필요할 일이 생길 것 같다."

진도운은 마인들에게 진백고를 먹일 생각이었다. 아무런 제약도 없이 그들을 바깥세상으로 불러들였다가 하종월처럼 딴 짓을 할지도 모르는 일이었다. 그리고 결정적으로 진도운은 능사헌을 믿지 않았다.

'그 놈이 제일 위험하다.'

다른 놈들은 생각이 단순해서 행동을 읽기 쉬웠다. 하지만 그놈은 바깥세상의 말과 예의, 그리고 생각까지 배우고 그렇게 행동을 했다. 그래서 다른 마인들보다 속을 읽기 어려웠다. 그 정도로 치밀한 사람이라면 언젠가 자신에게 위험이 될 수도 있었다.

'진백고는 신환성체인 내 몸에도 위험하다.'

일전에 등소현 앞에서 멀쩡히 진백고의 독을 버텼던 건 순전히 내공으로 몸을 감싼 덕분이었다. 아무리 자신이라도 진백고가 안으로 들어가면 손을 쓸 방도가 없었다. 필시 진백고가 뿜어내는 독에 내장이 녹아내릴 것이다. 그러니 진백고라면 마인들에게도 통할 것이다.

그때, 등소현이 음흉한 미소를 짓는 진도운을 째려보았다.

"진백고는 어디에 쓰시게요?"

"걱정 마라. 아주 나쁜 놈들에게 쓰는 것이니."

진도운은 휙 몸을 돌려서 그곳을 빠져나갔다. 그리고 자신의 집무실로 향하며 사평호를 불러들였다.

"사곡문을 멸문 시키고 호북성에 들렀다고 들었습니다."

집무실로 들어온 사평호가 넉살 좋게 웃어 보이며 말했다.

"그럴 일이 있었소. 헌데, 내가 사 장로를 이리 부른 건 사 장로에게 한 가지 물을 게 있기 때문이오."

"껄껄. 뭐든지 물어보시지요."

사평호가 자신 있게 말했다.

"혹시 신환성체는 마인의 몸을 본 따 만든 것이오?"

"……."

그 말에 사평호의 눈썹이 크게 들썩거렸다.

"사 장로의 표정을 보니 내 말이 맞는 것 같구려."

"마인이라는 건 처음 듣습니다만 신환성체가 어떤 특이한 체질을 본 따 만든 거는 사실입니다. 하지만 아시다시피 신환성체는 본 방이 수백 년 동안 연구해온 몸입니다. 애초에 본을 따 온 그 특수한 체질은……."

"그 특수한 체질이 바로 마인의 몸이오."

"그 마인의 몸을 본 따서 시작했을 뿐이지, 성주님의 신환성체는 본 방의 수백 년에 걸친 연구를 통해 탄생한 겁니다. 그래서 마인의 몸과 신환성체는 많이 다릅니다."

진도운의 눈빛이 날카롭게 번뜩였다.

"무엇이 달라졌단 말이오? 지금 말해줄 수 있소?"

"그럼요. 제가 어찌 그것 하나 기억 못하겠습니까? 껄껄."

"어디 말해보시오."

"우선 가장 큰 차이점은……."

무공에 가장 많은 영향을 주는 골격에 있었다. 그 골격은 마인의 몸을 본 따 만들었으나, 지난 수백 년 동안 신환방의 손에 의해 골격은 더 뛰어나게 변했다. 하지만 신환성체가 마인의 몸보다 못한 것도 있었다. 그 중의 하나가 바로 눈이었다.

"눈이오?"

"눈은 몸에서 유일하게 개조시킬 수 없는 부위입니다."

마인의 눈은 모든 걸 꿰뚫어 보았다. 그래서 도수진이나 능사헌은 진도운을 보자마자 그 몸에 걸려 있던 만라전상대법을 알아본 것이었다. 하지만 눈은 다른 신체와 달리 개조시킬 수 없는 부위였으므로 신환성체에는 그런 눈이 없었다.

"문헌에 따르면 마인의 피부는 다른 기운을 걸러내는 역할을 했다고 합니다. 그래서 술법 같은 건 그 몸에 통하지 않았다고 합니다."

"신환성체에는 술법이 잘만 통하던데……."

"전해진 기록에 의하면 그 피부가 너무 특이했고 도저히 의술로 흉내 낼 수 없다고도 했습니다. 게다가 무슨 사람 피부가, 지금 말로 하면 항마력이지요. 항마력이 있는 불가의 기운에 닿기만 하면 불에 탄 것처럼 쪼그라들어서 금세 피부가 죽었다고 합니다. 그래서 본 방의 선조들은 그 피부

를 포기했습니다."

뒤이어 이어진 차이점은 이미 진도운이 다른 마인들을 만나며 깨달은 차이점이었다. 그래서 그는 나머지 차이점은 대충 듣고 나서 다시 입을 열었다.

"쉽게 말해 골격은 신환성체가 더 뛰어나단 말이오?"

"그렇습니다. 다만, 마인의 몸은 눈이나 피부처럼 특수한 게 많아서……."

"됐소. 그 정도면."

진도운은 고개를 끄덕이며 말했다.

"한 가지 결정적인 차이점이 있습니다."

"또 있단 말이오?"

진도운의 눈이 다시 날카롭게 빛났다.

"내공의 차이지요. 성주님께서도 아시다시피 본 방에서 수백 년 동안 만들어온 그 많은 혼원신단을 성주님이 모두 드시지 않으셨습니까? 그걸로 성주님께서 이 세상 누구와도 비교할 수 없는 어마어마한 내공을 지니게 된 겁니다."

"그렇구려."

"마인의 몸이 내공을 아무리 빨리 쌓아도 성주님이 가지신 무한의 내공에 비하면……. 껄껄."

굳이 그 뒷말을 듣지 않아도 알 수 있었다.

"알겠소."

진도운은 짧게 대답했지만 이내 만족한 듯 환하게 웃었다.

그날 밤, 짙은 어둠이 세상을 휘감고 달빛만이 고요하게 떠돌고 있을 때, 진도운이 눈을 떴다. 자신의 처소로 잠입하는 인기척 하나를 느꼈기 때문이다. 재밌는 건, 그 인기척의 주인이 처소 주변에 숨어있는 흑객들에게 들키지 않고 처소 안으로 들어왔다는 것이다.

2층 창문을 통해 안으로 들어온 그 인기척은 1층으로 내려왔다. 바로 그 순간, 1층 한 가운데에서 호롱불이 피어나며 의자에 앉아있는 진도운의 모습이 드러났다.

"네가 여긴 어쩐 일이냐?"

진도운은 2층에서 내려온 그 인기척의 주인을 똑바로 바라봤다. 그 인기척은 다름 아닌 단유휘였다.

계단을 다 내려온 단유휘는 그 자리에 멈칫 섰다. 그의 얼굴에 놀란 기색이 훤히 드러났다. 하지만 이내 그 얼굴은 입을 악다문 것처럼 단단하게 변했다.

"양염평 장로님이 죽어있더군요."

단유휘는 뒤이어 일전에 사곡문의 시나귀를 만났던 얘기를 해주었다.

"그래서 저도 모르는 그 시나귀의 정체를 캐고자 양염평 장로님이 계시는 동굴로 갔습니다."

"그리고 죽어 있는 걸 봤고?"

"그렇습니다."

하지만 진도운의 표정은 흔들림이 없었다.

"나는 모르는 일이다."

"제가 훑어본 결과 양염평 장로님은 벽에 스스로 머리를 박고 자살을 한 것처럼 보입니다."

그 말에 진도운은 혀를 차며 고개를 저었다.

"쯧쯧. 어쩌다가 그런 선택을 한 건지 모르겠군. 뭐, 양염평 장로님도 어쩔 수 없었겠지. 모든 힘을 잃고 그곳에 갇혀 있게 되었으니……."

"성주께서 그 일에 개입한 건 아니겠지요?"

진도운은 하얀 이를 드러내며 웃었다.

"이젠 나를 성주라고 부르는 것이냐? 우리 사이에 섭섭한데."

"제 질문에 대답을 해주시지요."

"개입한 적 없다. 그리고 개입할 필요도 없지. 내가 뭐하려고 양염평 장로님을 죽이겠냐? 뻔히 너의 분개를 살 걸 알면서 말이야."

"……."

진도운은 말에 단유휘의 표정이 흔들렸다. 그 동굴 안에 있던 양염평의 시신은 자신이 봐도 자살임이 틀림없었기 때문이다.

"그리고 네가 나를 찾아온 이유도 양염평 장로님 보다는 사곡문에 숨어 있던 그 시나귀 때문이 아닌가?"

"그 시나귀는 진백고도 먹지 않았습니다."

그 말은 즉 양염평이 그 시나귀를 믿었단 소리였다. 진도운 역시 그걸 잘 알기에 뺨을 씰룩거렸다.

"그건 좀 놀라운 일이군. 양염평이 진백고를 먹이지 않았다니……."

"하지만 양염평 장로님이 돌아가셨으니 정작 물을 사람이 없습니다."

그 말에 진도운은 히쭉 웃었다.

"네가 직접 알아내면 되지 않느냐?"

"예?"

"그 시나귀는 네가 누군지 알아봤다며. 그리고 양염평 장로님에게 갈 정보를 너에게 줬다는 건 너를 믿고 있다는 뜻이지 않나?"

"하지만 그 시나귀가 양염평 장로님이 죽었다는 사실을 알게 된다면……."

"굳이 그 사실을 알 필요는 없지."

단유휘의 눈동자가 좌우로 흔들렸다.

"모른 척 하라는 겁니까?"

"그래. 네가 대신해서 그 시나귀를 계속 만나며 정보를 캐내라. 혹여나 그 시나귀 말고도 우리들이 모르는 시나귀들이 또 있다면 너나 나나 위험하다."

단유휘가 나직이 한숨을 내쉬었다.

"어쩌면 그 시나귀도 죽었을지도 모릅니다. 성주께서 사곡문을 멸문시켰으니 말이죠."

"그건 그 시나귀와 관계없는 일이었다."

단유휘는 알겠다는 듯 고개를 끄덕였다.

260

"그것 말고 또 물을 게 있습니다."

"말해보아라."

단유휘는 품속에서 투명한 구슬 하나를 꺼내 내밀었다. 하지만 진도운은 그 구슬을 보고도 차분하게 앉은 자세를 유지했다.

"그게 무엇이냐?"

"성주께서도 모르는 겁니까?"

"그래. 처음 보는군."

"양염평 장로님이 물려주신 겁니다. 그래서 혹시나 대나귀와 관련이 있는 건 줄 알고 성주께 물으려고 온 겁니다."

그 말에 진도운은 눈살을 찌푸렸다.

"그냥 구슬만 넘겨주고 다른 말은 없었나?"

"예. 나중에 알려준다고 했는데……."

지금 양염평이 죽어 있으니 그 구슬에 대해 물을 수도 없었다.

"일단 내가 알아볼 테니, 내게 그 구슬을 넘겨라."

"양염평 장로님이 줬다는 건 대나귀와 관련되어있다는 뜻이니 그냥 제가 가지고 있겠습니다."

진도운은 잠시 고민했다. 하지만 단유휘에게서 강제로 그걸 뺏을 순 없었다. 그를 건드렸다간 사곡문에 있다는 그 시나귀에 대해 알아내지 못할 것이다.

'지금 그 시나귀는 단유휘를 믿고 있다.'

단유휘가 돌아서면 양염평이 단유휘에게까지 감추면서 몰래 운영해오던 시나귀를, 어쩌면 더 있을지도 모르는 시나귀들을 색출해낼 방법이 없었다.

'그리고 단유휘는 나를 위해 많은 일을 해주었지.'

그러니 굳이 지금 뺏으려고 심력을 낭비할 필요가 없었다.

"그러든가."

진도운은 별 관심이 없는 척 고개를 돌렸다.

"아, 그리고 양염평 장로님의 시신도 제가 수습하겠습니다."

"녀석…… . 아직도 양염평 장로님을 신경 쓰는 것이냐?"

"따지고 보면 제 스승이나 마찬가지입니다. 그러니 시신이라도 잘 수습해야지요."

그 말을 하는 단유휘의 얼굴이 편치 못했다.

"너도 알다시피 양염평 장로님은 정도를 넘어섰다. 어쩌면 그런 일은 스스로 자초한 걸 수도 있어."

"저도 알고 있습니다. 그래도 한때는 대나귀셨고 백선문을 위해 평생을 살아오셨으니, 적어도 시신만큼은 백선문 안에 두고 싶습니다."

"시나귀의 비동에 말이냐?"

"예."

"알겠다."

진도운은 그런 단유휘가 답답하게 느껴졌다. 하지만 한편으로는 그런 성정 때문에 자신을 도와준 거라 생각하니 뭐라 할 수도 없었다.

'죄책감을 느끼는 게 눈에 훤히 보이는군.'

지금 단유휘의 얼굴을 보고 있으면 양염평을 마치 자신이 죽이기라도 한 것처럼 어두워보였다.

진도운은 인상을 찡그리며 고개를 돌렸다.

"그 시나귀들은 양염평 장로님에 대한 충성심이 대단해서 진백고를 먹지 않은 거겠지. 그러니 그 시나귀들을 상대할 때는 몸을 사릴 줄도 알아야 하느니라."

단유휘는 고개를 끄덕였다. 그리고 사곡문의 시나귀가 했던 말들을 그대로 해주었다.

"흑도의 문파들이 구현회처럼 하나로 규합하려고 한답니다."

"알고 있다."

"알고 계셨습니까?"

"그들이 본 성에도 제의를 해왔지."

그에 단유휘는 잠시 머뭇거리다가 손 안에 꼭 쥐고 있던 구슬을 만지작거렸다.

"사곡문이 산서성을 장악하자마자 이 구슬을 찾았다고 합니다."

"그 구슬은 대나귀와 관련이 있는 것이 아니더냐? 헌데, 사곡문에서 왜⋯⋯."

진도운은 모른 척 물었고 단유휘는 심각하게 표정을 굳혔다.

"저도 모르겠습니다. 혹여나 대나귀의 존재가 새어나간 건 아닌지 걱정됩니다."

단유휘는 그 구슬에 대해 아는 게 없으니 무조건 대나귀와 연결시켜서 생각했다.

"아무래도 이 구슬에 대해 조금 더 알아봐야 할 듯 싶습니다."

"그러도록 해라. 나도 따로 알아보마. 그리고 양염평 장로님이 따로 운영하던 시나귀들에 대해서도 알아보고."

단유휘는 고개를 끄덕이며 몸을 돌렸다. 그는 다시 2층으로 올라가 처소 밖으로 나갔다.

진도운은 그가 떠난 자리를 가만히 보고 있었다.

'양염평이 단유휘에게 감추면서까지 따로 시나귀들을 운영할 줄은 몰랐군.'

그건 전혀 예상치 못한 일이었다.

'그래서 자살을 한 건가?'

진도운은 자신이 양염평을 죽이려고 동굴 안으로 들어갔을 때, 양염평이 스스로 벽에 머리를 박았던 걸 떠올렸다. 어쩌면 그건 자신에게 이번 일을 감추기 위한 걸 수도 있다는 생각이 들었다.

'뭐, 상관없겠지. 진백고는 또 있으니까.'

다행히 시나귀들을 색출해내기만 하면 해결되는 문제였

다. 게다가 그 시나귀들이 단유휘와 접촉하는 걸로 보아 그것도 조만간 순조롭게 해결될 것이다. 그래서 진도운은 편안한 마음으로 침상에 누웠다.

만금성에서 돌아온 단유휘는 백선문을 앞두고 방향을 꺾었다. 백선문 주변에 있는 나무에 시나귀의 표식이 걸려 있었기 때문이다.

'그 자다!'

저번에도 이런 식으로 연락을 해왔기에 누군지 충분히 짐작이 갔다. 역시나 그 나무 앞에 서자 그 나무 뒤에서 중년인이 걸어 나왔다. 그는 사곡문의 시나귀인 장노단이었는데 지금은 평범한 무명단복을 입고 있었다.

'살아있었군.'

단유휘는 아무것도 모르는 척 그에게 다가갔다. 그리고 장노단은 주위를 두리번거렸다.

"대나귀께서는 아직도 자리를 비운 것이오?"

"그렇습니다. 아무래도 돌아오려면 시간이 좀 걸릴 겁니다."

그 말에 장노단은 주먹으로 나무를 쳤다.

"제길! 하필이면 이 중요한 때에……."

장노단은 아랫입술을 질끈 깨물며 말을 이었다.

"만금성에서 본 문을 멸문시켰소이다. 나는 일전에 그쪽을 만나러 오면서 사곡문을 떠나있었기에 무사히 살아남을 수 있었소."

"저도 그 얘기는 들었습니다. 그래도 무사하니 다행입니다."

"이제 어떻게 해야 할지 모르겠소. 더 이상 돌아갈 곳도 없고……."

단유휘는 그의 어깨를 다독여주었다.

"일단은 몸을 추스르는 게 우선입니다. 당분간은 백선문 부근에 있는 객잔에 머무시는 게 어떻습니까? 혹시나 대나귀께서 돌아오면 제가 바로 알려드리겠습니다."

"알겠습니다."

장노단에겐 다른 방법이 없었다. 그래서 단유휘를 따라 근처 객잔으로 걸음을 움직였다.

‡

만금성이 사곡문을 멸문시켰다는 소문은 금세 퍼졌다. 그래서 조금 사그라졌던 만금성에 대한 관심이 다시 고개를 들었다. 그리고 그 소식과 함께 무림을 크게 뒤흔든 소문이 또 하나 있었다. 그것은 강서성의 판도에 대한 소문이었다. 본래 강서성은 백도와 흑도가 서로 균형을 이루는 지역으로 널리 알려져 있었다. 하지만 실상은 백도의 여러 문파가 뭉쳐 흑도의 문파, 군마보 하나를 상대하고 있었다.

군마보는 흑도에서 유구한 역사를 자랑하는 문파로 강서성에 있는 백도의 문파들이 수없이 바뀌어오는 동안 홀로 변함없이 강서성의 반을 지켜왔다. 헌데, 그런 강서성이 단 며칠 만에 판도가 바뀌었다. 그건 갑작스런 군마보의 기습으로 시작된 일이었다. 군마보는 순식간에 백도의 문파들을 쓰러트리고 강서성을 장악했다.

군마보는 세 분파로 이루어졌고 각 분파의 주인을 왕이라 칭했다. 그래서 군마보의 삼왕(三王)이라 함은 무림에서 모르는 이가 없었고 군마보 안에서는 무소불위의 권력을 휘둘렀다. 그리고 그런 삼왕 위에 군마보의 주인이 있었다. 군마보의 주인은 세 분파에서 선출된 자로 삼왕보다 높은 직위에 있었다. 그래서 그의 영향력은 군마보를 넘어 흑도 무림 전체에 닿았다.

철벽처럼 쌓아올린 담장 안에 굵은 선을 가진 수많은 전각들이 있었다. 그 중에서도 거무튀튀한 지붕에 뒤덮여 있는 대청 안에 네 사람이 모여 있었다. 그 네 사람 중 상석에 앉은 중년인은 커다란 체격에 진중한 인상을 지닌 채 새카만 장포를 입고 있었다. 그 장포의 등 쪽에는 회색 수실로 새겨진 보름달이 박혀 있었다. 그가 바로 군마보의 보주인 반제남이었다. 그리고 그의 앞에 나란히 앉아 있는 세 사내가 바로 군마보의 삼왕이었다.

반제남의 부리부리한 눈이 세 사내를 훑고 지나가다가

가장 왼쪽에 있는 사내에게 멈췄다. 그 자는 백발이 성성한 노인이었는데, 특이하게 등에 창과 검, 그리고 도와 활을 공작의 꼬리처럼 부채꼴 모양으로 꽂고 있었다. 그가 바로 삼왕 중 가장 강하다는 군마무왕 종일명이었다.

반제남은 종일명의 앞에 서찰을 툭 던졌다. 하지만 종일명은 눈앞에 떨어진 서찰을 보고만 있었다.

"이게 무엇입니까?"

"그 자가 보낸 서찰이오."

"그 자라 함은······."

"마교를 세우려고 설치는 놈 한 명 있잖소."

종일명의 눈이 쭉 찢었다.

"그 자가 무슨 연유로 서찰을 보낸 겁니까?"

"우리 보고 만금성을 치라고 하더이다."

종일명은 피식 웃었다.

"언제는 강서성에서 백도 문파들을 뿌리 뽑으라고 하더니 이제는 만금성을 치라고 하는 겁니까? 거 참, 우리에게 시키는 것도 많습니다."

"우리가 먼저 만금성을 쳐야 만금성의 재물을 선점할 수 있소."

그 말에 종일명은 한쪽 눈살을 찌푸리며 예전 기억을 끄집어냈다.

"헌데, 예전에 만금성에도 같이 움직이자는 제의를 한다고 하지 않았습니까?"

"그거야 만금성이 사곡문을 멸문시킨 것 보면 어떻게 됐는지 뻔 한 것 아니오?"

종일명은 쯧쯧 혀를 차며 고개를 저었다.

"하여간 사곡문 놈들 제멋대로 설치는 것 같더니……."

그때였다. 삼왕 중 가장 우측에 있는 젊은 사내가 싱긋 웃으면서 손을 들었다.

"그 일, 제가 맡겠습니다."

이 무거운 자리에서도 한껏 여유로운 미소를 짓고 있는 그 사내는 삼왕 중 일인(一人)이자 최연소로 삼왕에 오르며 희대의 천재라는 소리를 듣고 있는 군마권왕 곤오였다.

그가 말하자 반제남의 고개가 그를 향해 돌아갔다.

"만금성은 사곡문을 멸문시켰다. 그래도 네가 하겠다는 것이냐?"

"군마철사단만 내어주시면 할 수 있습니다."

"너희 분파로 부족하단 소리냐?"

"요새 들리는 소문에 의하면 저희 분파로는 조금 부족한 것 같습니다."

곤오는 싱글벙글 웃으며 말했다. 만약 그가 아닌 다른 사람이 부족하단 말을 내뱉었다면 반제남이 그 자리에서 목을 쳤을 것이다.

"다시 묻지. 군마철사단을 내주면 만금성을 처리할 수 있겠느냐?"

"만금성의 성주가 직접 와서 보주님 앞에 무릎을 꿇고 절까지 하게 만들어 보이겠습니다."

"실패하면?"

그 말에 곤오는 뒷머리를 벅벅 긁었다.

"실패해보는 건 생각해보질 않아서요. 뭐, 다른 사람들처럼 손이라도 내놓을까요?"

군마보엔 한 가지 엄격한 규율이 있었다. 군마보에선 누구라도 스스로 나서서 일을 맡을 수 있었다. 하지만 스스로 나선 일을 실패하면 보주가 보는 앞에서 몸의 한 부위를 자르며 실패의 대가를 치러야했다. 반대로 말하면 본인만 자신 있으면 언제든 나서도 된다는 뜻이기도 했다. 그건 군마보의 오랜 전통과도 같아서 설사 삼왕이라도 그 규율에서 자유로울 순 없었다.

"손 가지곤 부족하다."

반제남이 단호하게 말하자 곤오가 잠시 멈칫했다.

"그렇게 심각한 일인 줄 몰랐습니다."

"이번 일은 단순히 한 문파를 멸문시키는 게 아니다."

만금성이 사곡문을 멸문시키면서 일파로 규합하기로 한 다른 문파들의 시선은 자연스럽게 만금성에 향해 있을 것이다. 그런 상황에서 만금성을 멸문시키지 못한다면 군마보는 순식간에 웃음거리로 전락할 것이다.

"하지만 성공한다면 군마보의 입지는 더욱 넓어지겠죠."

곤오가 자신 있게 말했다. 그에 반제남이 종일명의 앞에

놓은 서찰을 끌어다가 곤오의 앞에 두었다.

"읽어보아라."

곤오는 그 서찰을 집어 내용을 천천히 읽어 내려갔다. 그리고 마지막 줄에서 멈칫했다가 이내 씩 웃었다.

"지원이 필요하면 다른 문파에 도움을 청하라고 적혀있군요."

"그래. 우리 보고 도움을 청하라고 적혀 있구나. 아무래도 그 자의 눈에는 우리 군마보가 만금성보다 못해 보이는 것 같구나."

곤오가 쓴웃음을 지었다.

"저는 그저 만금성이 갑자기 끊어버린 자금을 다시 받으러 간다는 가벼운 마음으로 가려고 했는데……."

"네가 싫다면 지금이라도 다른 사람에게 맡기마."

"뭐, 괜찮습니다. 귀찮겠지만 조금 더 움직여보도록 하지요."

곤오는 다시 여유롭게 웃어 보이며 그 대청을 떠났다. 그리고 그가 떠나자마자 종일명은 못 마땅한 표정으로 곤오가 앉아있던 자리를 쳐다봤다.

"저 녀석이 움직이면 언제나 뒷말이 나옵니다. 이번에도 강서성에서 백도의 문파들을 정리할 때, 저 녀석은 백도의 무림인들을 잡아다가 개처럼 끌고 다니며 거리를 활보했다고 합니다."

그 말에 반제남은 피식 웃었다.

"누구나 그런 고약한 취미가 하나쯤은 있는 법이오. 그 래도 맡긴 일 하나는 잘 해오는 녀석이니, 이번 일은 저 녀 석에게 맡기도록 하시오."

종일명은 걱정 가득한 한숨을 내뱉으며 좀처럼 표정을 풀지 않았다. 하지만 반제남은 어처구니 없다는 듯 실소를 흘리며 말을 이었다.

"언제 저 녀석이 다른 사람과 정면으로 붙은 적이 있소?"

"그랬으면 뒷말이 나올 일도 없습니다. 저 놈은 늘 지저 분하게 일을 해결했지요."

"나는 그 지저분한 방식이 마음에 드오. 저 녀석에게 당 한 놈들의 얼굴을 보면 하나같이 질렸다는 표정들이 라……. 가끔씩 그런 표정을 보는 게 즐겁긴 하더이다."

반제남은 지그시 웃으며 말했다.

"보주님께서 그런 악취미가 있는 줄 몰랐습니다."

"사람이라면 누구나 그런 취미는 있는 거지요."

종일명은 피식 웃으며 곤오의 빈 자리에서 시선을 거뒀다.

"저 녀석이 웬일로 군마철사단까지 내어달라고 한 것 보 면, 이번에 제대로 움직일 생각인 것 같습니다."

군마보에는 삼왕이 이끄는 세 개의 분파와 보주가 이끄 는 두 개의 사단이 있다. 그 중의 하나가 바로 군마철사단 이었다.

군마철사단의 무인들은 늘 철갑옷을 입고 철검을 등에 차고 다녔다. 그리고 마지막 한 명까지 모두 말을 타고 다

니며 평소에도 거침없이 강서성을 누비고 다녔다. 게다가
그들은 얼음장처럼 폴폴 풍기는 차가운 기세에 걸맞게 무
자비한 손속을 자랑했다. 그들이 한 번 훑고 지나가면 무림
인이건, 일반인들이건 멀쩡히 살아있는 사람들이 없었다.
그래서 강서성에서는 말발굽 소리만 듣고 기절하는 사람도
종종 나타났다.

"그동안 강서성에서 군마철사단이 멸문 시킨 문파만 해
도 수백이 넘소. 그들이 죽인 사람 수로 따지면 족히 수천
은 될 것이오. 그에 비하면 만금성은 아직 우리와 비교하기
에 많은 무리가 있소."

반제남의 목소리는 일체의 흔들림도 없었다.

‡

안휘성에서 강서성과 밀접해 있는 경계선 부근에 석태라
는 마을이 있었다. 항상 평화롭던 그 마을에 느닷없이 수레
하나가 굴러왔다. 헌데, 그 수레는 말이 아닌 사람이 끌고
있었다. 그것도 여기저기 구멍이 뚫린 넝마를 입고 개줄처
럼 목에 줄까지 찬 채 수레를 끌고 있었다. 그리고 그 수레
위에는 곤오가 여유롭게 누워있었다.

저잣거리에 있던 사람들이 그 수레를 보며 소곤거리기
시작했다. 헌데, 그들의 시선은 수레를 이끌고 있는 사람들
에게 몰려들었다.

"저 자는 강서성에서 이름 꽤나 날리던 검객 아니여?"

"맞는 것 같구만. 그 옆에 있는 사람도 강서성에서 잘 나가던 무림인인 것 같은데……."

거지꼴이 되어 그 수레를 이끌고 있는 자들은 안휘성의 일반인들까지 알아볼 정도로 유명한 무림인들이었다. 그리고 그들은 모두 백도의 무림인들이기도 했다.

"가자. 가자. 만금성을 잡으러."

곤오는 콧노래를 흥얼거렸다.

어느새 수레 주변으로 저잣거리의 사람들이 몰려들어 수군거렸다. 그들 딴에는 조용히 말한다고 했으나 곤오의 귀에는 그들이 떠드는 소리가 선명하게 들렸다. 그럼에도 곤오는 고개 한 번 들지 않았다.

"다… 왔…습니다."

수레를 이끌던 자 중 한 명이 비참한 기색으로 고개를 숙이며 말했다. 그제야 곤오가 수레 위에서 일어났다. 그러자 주변에 몰려든 자들이 움찔거리며 재빨리 흩어졌다. 그래도 여전히 저잣거리에는 사람이 많았지만 곤오의 시선은 정면에 보이는 커다란 전각에 멈춰 있었다. 그 전각의 지붕에는 만금성의 깃발이 꽂혀 있는데, 그것은 곧 그 전각이 만금성의 분타라는 걸 뜻했다.

"만금성의 분타는 처음보는군."

곤오는 수레에서 폴짝 뛰어내렸다. 헌데, 그 분타 주변에 어떤 공사가 한참동안 진행 중인 걸 보고 고개를 갸웃거렸다.

"저건 뭐야?"

그 공사를 자세히 보니 이 부근에 뭔가 커다란 절진을 설치하는 것 같았다. 헌데, 그 절진을 지휘하고 있는 사람이 제갈세가의 복장을 하고 있었다.

'어째서 제갈세가의 사람이……'

무림에서 반드시 피해야 하는 것 중의 하나가 바로 제갈세가의 절진이었다. 헌데, 그게 버젓이 안휘성의, 그것도 만금성 분타에 깔리고 있었다.

'어찌된 연유인지 모르겠지만 저 절진이 완성되고 도착했으면 상당히 피곤해질 뻔 했군.'

곤오는 분타를 향해 다가갔다. 그러자 분타 앞에 서있던 한 사내가 다가와 곤오 앞을 막았다.

"무슨 일로 왔소?"

그 사내는 안에 하얀 경장을 입고 겉에 청색 장포를 걸치고 있었다. 그리고 그 청색 장포의 양 어깨에는 하얀색 태양이 박혀 있었다. 그것은 제금사휘단 중 만휘단의 문장이었다.

헌데, 그걸 모르는 곤오의 눈에는 한낱 문지기로 보일 뿐이었다.

곤오는 방긋 웃으며 다짜고짜 발을 차 올렸다.

퍼억!

둔탁한 타격음과 함께 그 사내가 뒤로 쭉 밀려났다.

"어? 막았네?"

곤오는 자신의 발길질을 막은 사내를 보며 묘한 미소를 지었다.

"이상한데. 어떻게 문지기 따위가 내 공격을 막았지."

"……."

그 사내는 심각하게 표정이 굳어서 자신의 손을 내려다 봤다. 그 손은 얼얼하다 못해 뼛속까지 저렸다.

'손이 움직이지 않는다.'

그저 발길질 하나 막았을 뿐인데 손이 찌릿찌릿 거리며 움직이지 않았다. 곤오 역시 심각하긴 마찬가지였다. 방금 전의 일격을 막을 거라 생각 못했던 그는 입꼬리를 꿈틀거리며 사내의 전신을 훑었다.

"재미있군. 문지기 따위가 자신의 기운을 감추는 법도 알고 있다니. 그렇다 쳐도 내 공격을 막은 건 의외인데."

그때 사내는 장포를 들추며 그 안에 숨겨두었던 검을 뽑았다. 그리곤 그 검으로 곤오를 겨누었다.

"네 놈은 누구냐?"

그때 중년인의 눈에 목에 줄을 차고 있는 수레 앞에 모여 있는 사람들이 들어왔다.

'저 자들은……'

강서성에서 활동하는 백도의 무인들로 강서성 밖에서도 제법 이름을 날린 자들이었다.

'헌데, 어째서 저 꼴로……'

그때였다.

"……!"

사내는 정면에서 일어난 거친 바람을 느끼고 재빨리 검을 들며 몸을 낮췄다.

까앙!

허공에서 뚝 떨어진 발이 사내의 검을 내리 찍었다.

"크흑!"

사내의 무릎이 꺾였다. 그리고 곤오는 그 사내가 들어 올린 검을 밟고 그대로 서있었다. 그는 뒷짐을 쥔 채 싱긋 웃었다.

"이것 봐라? 문지기 주제에 내 공격을 2번이나 막았네."

곤오는 검에서 발을 떼며 그대로 공중에서 몸을 한 바퀴 돌렸다. 그리곤 다리를 쭉 뻗었다. 그러자 검 위로 들어간 곤오의 발이 사내의 얼굴을 가격했다.

퍼억!

사내의 고개가 확 돌아가며 그의 몸이 뒤로 날아갔다. 그리고 거꾸로 뒤집어져서 땅바닥에 쓰러졌다.

"으으……."

사내가 몸을 들썩이자 곤오가 히쭉 웃으며 다가와 사내의 등을 발로 밟았다.

"이제야 제대로 됐군."

곤오가 발을 비비며 사내의 등을 짓눌렀다. 그러자 사내가 온몸을 꿈틀거리며 신음소리를 냈다.

"끄으……."

"이 무슨 짓이오!"

그때, 분타 옆에서 공사 현장을 지휘하던 제갈세가의 사람이 이 앞으로 다가오며 말했다. 그가 소리치자 분타 안에서 사람들이 우르르 몰려나왔다. 인원은 얼추 20명 정도였다. 그리고 그들 모두 곤오의 발아래에 있는 사내와 똑같은 복장을 하고 있었다.

채채채채챙.

그 20명이 동시에 검을 뽑았다. 그리고 그 중에 한 중년인이 앞으로 나섰다.

"여기가 어딘 줄 알고 함부로 행패를 부리는 게냐?"

"어디긴. 만금성의 분타지."

곤오는 말을 하며 발을 들었다. 그리고 땅바닥에 뻗어있는 사내의 등을 내리 찍었다.

퍽!

사내가 온몸을 꿈틀거렸다. 그러자 곤오의 미소가 진해졌다. 그는 자신의 발아래서 사내가 꿈틀거리는 걸 즐기고 있었다.

"나는 이 감촉이 좋단 말이야. 꼭 거대한 지렁이가 꿈틀거리는 것 같잖아. 정작 할 수 있는 건 아무것도 없으면서 발악하는 꼴이란……."

그때, 앞으로 나선 중년인이 고개를 끄덕이자 그의 뒤에 있던 20명의 만휘단 무인들이 좌우로 퍼지며 곤오를 둘러

쌌다. 그리고 검을 어깨까지 들어 올리며 그 끝으로 곤오를 가리켰다. 그러자 곤오가 두 눈을 크게 뜨며 그들을 싹 훑어봤다.

"이건 뭐야?"

합격진 같지도 않은데 사방에서 쏟아지는 수많은 기세에 온몸이 뒤얽히고 있었다. 그래서 곤오는 자신도 몸을 연신 움찔거리며 그 기세를 털어냈다. 하지만 만휘단 무인들이 쏘아내는 기세는 계속해서 그물망처럼 자신의 몸을 옭아맸다.

"하하하하!"

곤오는 시원하게 웃었다.

"그 발을 놓아라."

중년인은 무거운 음성으로 말했다.

"만금성에서 이런 재미있는 일을 겪을 줄은 몰랐는데."

"어서 그 발을 떼라."

곤오는 히쭉 웃으며 고개를 비스듬히 꺾었다.

"별로 그러고 싶지 않은데."

곤오는 사내를 더 세게 밟으며 말을 이었다.

"난 이 감촉이 좋거든. 사람들이 내 발아래서 꿈틀거리는 감촉 말이야."

그때, 중년인이 무릎을 구부리는가 싶더니 쏜살처럼 앞으로 튀어나갔다.

타악!

헌데, 둔탁한 타격음이 한 차례 크게 울리더니 곤오가 뒤로 두 발자국 물러나는 게 아닌가? 그리고 그가 서있던 자리에 중년인이 나타나 땅에 엎드려 있는 사내를 들고 뒤로 물러났다.

"……."

곤오는 무표정한 얼굴로 자신의 왼쪽 어깨를 쳐다봤다. 지금 그 어깨가 찌릿찌릿 달아올라 있었다. 방금 전 중년인이 기습적으로 몸을 날려 자신의 어깨를 치며 균형을 무너트린 것이다. 그래서 두 걸음 물러난 것이었는데, 바로 그 점이 곤오를 화나게 만들었다.

"네 놈이 뭔데 나를 물러나게 만들어?"

곤오는 얼굴을 일그러트리며 그 중년인을 향해 성큼성큼 다가갔다. 그러자 그를 둘러싼 만휘단의 무인들이 동시에 쏜살처럼 검을 찔러 넣으며 거리를 좁혔다. 그들이 이뤄낸 둥그런 대열이 순식간에 줄어들어 빈틈없는 작은 원을 만들었다.

그 작은 원의 중심에 있는 곤오는 가볍게 몸을 띄웠다. 그러자 그의 발 아래로 만휘단 무인들의 검 끝이 몰려들어 한 점을 찍었다. 곤오는 그때를 놓치지 않고 발을 내려서 한 점에 모인 수십 자루의 검 끝을 내려찍었다.

타앙!

만휘단 무인들은 땅으로 떨어지는 검을 따라 몸을 크게 휘청거렸다. 반면 그 반동으로 더 높게 튀어 오른 곤오의

몸은 중년인의 앞으로 떨어져 내렸다.

"네가 뭔데 나를 물러나게 만드냐고!"

곤오는 미친 듯이 두 주먹을 휘둘렀다. 그러자 허공에 수십 개의 권영(拳影)이 떠오르며 그 권영을 따라 거친 바람이 일어났다. 그것은 군마보의 진산권법인 풍환권이었다.

파파파파파팡!

엄청난 파공음이 울리며 주먹을 따라 일어난 수십 개의 바람 줄기가 한데 모여 거대한 광풍이 되었다.

콰콰쾅!

"으악!"

검을 세워 그 광풍을 막은 중년인은 실이 끊어진 연처럼 튕겨져 나갔다. 그대로 땅바닥에 쳐 박힌 중년인은 한 줄기 피를 흘리며 곧바로 일어섰다. 하지만 그가 들고 있던 검은 산산조각이 나서 자신이 날아온 길에 한 조각씩 떨어져 있었다. 그리고 그의 앞에 검의 손잡이만 덩그러니 놓여 있었다.

"하아, 하……. 구, 군마보에서 온 놈이었나?"

중년인은 그제야 곤오의 사문을 알아봤다.

"용케도 살아났네. 살아나면 안 되는데, 살아났어. 내 주먹이 무뎌진 건가?"

곤오는 자신의 주먹을 바라보며 말했다. 그때 중년인은 곤오의 기괴한 웃음소리와 그가 타고 있던 수레에 묶여있는 백도의 무림인들을 보고 두 눈을 크게 떴다. 불현 듯 한 사람이 떠올랐기 때문이다.

"군마보에 웬 정신이 나간 놈이 한 명 있다는데, 그게 네 놈이었군. 군마권왕 곤오. 아닌가?"

그 말에 만휘단 무인들의 시선이 온통 곤오에게 쏠렸다.

곤오는 수줍게 웃으며 어깨를 으쓱거렸다.

"쑥쓰럽군. 만금성의 무사님께서 이 몸을 다 알아봐주시고. 그런데 보통 내가 누군지 알면 대게 겁에 질린 눈빛을 표하는데 네 놈들은……."

주변을 훑어보는 곤오의 얼굴이 싸늘하게 식었다. 만휘단 무인들의 얼굴에 한 치의 두려움도 보이지 않았기 때문이다.

"나를 보고도 놀라지 않는군."

"포위해라."

중년인이 말했다. 그러자 만휘단 무인들이 다시 한 번 곤오를 둘러쌌는데 아까 와는 다르게 두 겹으로 둘러쌌다. 그리고 안쪽에 있는 사람과 바깥쪽에 있는 사람이 서로 엇갈리게 서서 바깥쪽에 있는 사람도 정면에서 곤오를 볼 수 있었다.

"……."

곤오는 순식간에 공기가 가라앉는 걸 느끼고 자신도 모르게 모든 내공을 발산했다.

우드득.

그가 쏟아내는 내공에 눌려 그가 밟고 서있는 땅에 금이 갔다. 그는 만휘단 무인들이 풍기는 기세에 놀라 본능적으로 내공을 뿌린 것이다.

"이놈들이 기어코 나를 짜증나게 만드는군."

그는 뒤늦게 자신이 놀랐다는 걸 깨닫고 얼굴을 붉혔다. 그리고 그때 저 뒤에 있는 저잣거리에서 웅성거리는 소리가 일어났고 동시에 땅이 울리기 시작했다.

우두두두두두!

저잣거리의 끝에서 한 무리의 기마부대가 나타났다. 그들은 하나같이 철갑옷을 입고 철검을 든 채 사람들이 모여 있는 저잣거리로 맹렬하게 돌진했다. 그들은 저잣거리에 모여든 일반인들을 그대로 밟고 지나갔다. 심지어 몇몇 이는 진로에 방해가 된다는 듯 철검으로 베었다.

"으악!"

"끄아아!"

"사, 살려주세요!"

말에 깔린 사람부터 철검에 목이 베이는 자들까지.

저잣거리는 순식간에 피와 비명이 난무하는 아수라장으로 변했다.

"군마철사단!"

중년인은 저잣거리에서 일반인들을 무참히 살해하며 다가오는 기마부대를 보며 소리쳤다. 하지만 그뿐만이 아니었다. 기마부대의 요란함에 시선을 뺏겨 양옆에 즐비한 건물들에서 지붕을 밟고 뛰어오는 다른 무인들을 뒤늦게 발견했다. 그들은 군마보의 세 분파 중에 곤오가 이끄는 권파(拳派)의 무인들이었다. 그들은 군마보에서 오직 주먹을 쓰는 무인들로 이루어진 분파였는데, 군마보에서 가장 거친 자들이라 소문이 나있는 자들이었다.

중년인은 지붕을 뛰어다니는 무인들을 보며 표정을 굳혔다. 그들이 누군지 알아본 것이었다.

"군마보가 어째서……."

그 중년인의 얼굴에 암담한 기색이 떠올랐다. 지금 저잣거리를 가득 채운 군마철사단의 무인들만 해도 300명은 돼보였고 그들의 양옆에서 지붕을 타고 넘어오는 권파의 무인들은 족히 200명은 돼보였다. 그것은 즉 군마철사단과 권파의 무인들이 모두 왔다는 뜻이었다.

중년인이 낙담하고 있을 때, 권파의 무인들이 지붕의 처마를 밟고 공중으로 뛰어올랐다. 햇빛마저 가려버린 그들의 그림자가 만휘단 무인들을 뒤덮었다. 그와 동시에 저잣거리를 뚫고 들어온 군마철사단의 무인들이 정면에서 해일처럼 들어왔다.

"끄으……."

20명의 만휘단 무인들은 땅바닥에 쓰러져 신음소리만 내고 있었다. 그래도 소리를 내는 것으로 보아 죽진 않은

듯 했다. 하지만 그들의 피로 얼룩진 얼굴과 피부가 터져 나가고 시퍼렇게 멍이 들어있는 몸을 보면 살아있는 게 신기할 지경이었다.

곤오는 만휘단 무인들을 밟고 올라서더니 돌다리를 건너듯 폴짝 뛰어서 다른 만휘단 무인으로 건너갔다. 그는 그렇게 만휘단 무인들을 밟고 지나가며 아까 자신을 밀쳐냈던 중년인 위에 올라탔다. 그리곤 두 발로 뛰어오르며 중년인의 등을 내리찍었다.

"크윽!"

중년인의 팔다리가 팔딱거렸다. 하지만 그게 다였다. 중년인은 이미 손가락 하나 움직일 힘이 없었다.

곤우는 엎어져 있는 중년인의 등 위에 털썩 앉았다. 그리고 주변에 몰려든 권파의 무인들을 쭉 훑어보았다.

"뭐하고 있어? 이놈들 목에 줄 안 채우고."

그 말에 권파의 무인들이 다가와 쓰러져 있는 만휘단 무인들의 목에 줄을 채웠다.

"저기 만금성 깃발 가져와라."

곤오가 말하자 권파의 무인들이 우르르 몰려가 전각에 꽂혀 있는 만금성의 깃발을 가져왔다. 곤오는 그 깃발을 건네받자마자 중년인의 왼쪽 어깨에 꽂았다.

"끄악!"

중년인이 고통스러워하며 비명을 질렀다.

"아까 네가 내 몸을 건드렸던 곳이야."

곤오는 깃대를 그의 어깨에 깊게 박아 넣으며 말했다. 그리고 그때, 군마철사단의 단주가 앞으로 나왔다.

"저들은 어찌할 생각이오?"

단주는 철검으로 뒤에 있는 저잣거리를 가리키며 말했다. 그 거리엔 일반인들의 시체로 가득 차있었다. 말에 짓밟혀 형체도 알아보기 힘든 시체부터 깔끔하게 목만 잘려 나간 시체들까지. 참으로 다양한 시체들이 길바닥에 쫙 깔려 있었다.

"뭘 어째? 저대로 둬야지. 가다보면 저것보다 더 많은 시체를 남길 건데."

곤오는 혀를 차며 말을 이었다.

"쯧쯧. 그렇게 안휘성에서 살면 안 된다니까. 뭐, 어쩌겠어? 다 자기들 탓이지. 저런 꼴 당하기 전에 안휘성을 떴어야지."

곤오는 다시 앞을 보며 땅바닥에 쓰러져 있는 만휘단 무인들을 손으로 가리켰다.

"이놈들 입에 재갈 물리고 내공을 못 쓰게 혈도도 막아라."

곤오는 자신이 타고 온 수레에 올라타서 누웠다. 그리고 권파의 무인들은 그 수레 뒤에 만휘단 무인들의 목에 채운 줄을 묶었다. 그러자 곤오가 그 줄을 풀어 자신의 손에 쥐곤 확 잡아당겼다. 그에 앞으로 쏠린 만휘단 무인들은 서로 뒤엉켜 넘어졌다. 그제야 곤오는 흡족한 미소를 지었다.

  사평호가 다급히 집무실로 들어와 석태 분타에서 일어난 일을 보고했다. 가만히 앉아서 보고를 받던 진도운이 갑자기 고개를 들었다.

  "군마보라고 했소?"

  "그렇습니다."

  진도운은 일전에 사곡문의 장문인이 말했던 문파들 중에 군마보도 있었다는 걸 떠올렸다.

  "아무래도 우리가 사곡문을 친 것 때문에 온 것 같구려."

  "흑도의 문파들이 하나로 규합한다는 그 일 말입니까?"

  "그렇소. 군마보도 그 중 하나였으니……. 그나저나 몇 명이나 왔길래 분타가 그리 쉽게 밀린 것이오?"

  "군마철사단과 권파의 무인들은 모두 왔다고 합니다."

  진도운이 눈썹을 들썩였다.

  "그 정도면 족히 500명은 되겠구려."

  그러니 한 개 분타가 쉽게 밀린 것이다.

  한 분타에 제금사휘단 무인들을 20~30명밖에 두지 못했다. 오직 만금성의 인원만으로 안휘성 전체를 보호하려면 어쩔 수 없었다. 일전에 소호도 그 점을 파고들어 공격한 것처럼 그건 만금성이 갖는 한계였다.

  '그래서 제갈세가를 불러 각 분타에 절진을 설치하는 거였는데, 그 사이에 쳐들어올 줄이야.'

만약 제갈세가의 절진이 완성됐다면 지금 같은 일은 발생하지 않을 것이다.

"더군다나 분타에 있던 제금사휘단의 무인들의 목에 줄을 채워서 끌고 다닌다고 합니다. 게다가 분타주의 몸에 깃발까지 꽂아서 만금성의 사람들이 자신들에게 잡혀 있다는 걸 알리고 있다고 합니다."

"군마철사단까지 움직였으면 삼왕 중 한 명이 움직인 건데. 게다가 권파가 껴있으면……."

"맞습니다. 군마권왕 곤오가 그들을 이끌고 있다고 합니다."

진도운은 실소를 흘렸다.

"아, 그 미친놈이 나설 줄은 몰랐소."

진도운도 익히 아는 놈이었다. 심지어 자신이 구야혈교에 있었을 때 한 번 부딪힌 적이 있는 놈이었다.

'제대로 미친놈이었지.'

그때는 곤오가 권왕에 오르기 전이었지만, 그래도 군마보에서 떠오르는 신성으로 유명했었다. 하지만 자신이 속해있던 단혼수라각을 잘못 만나 겨우 목숨만 부지한 채 도망쳤던 적이 있었다.

'안 그래도 정신이 나간 놈이 그 이후로 더 미쳤다는 소문을 듣긴 했는데……. 사람 목에 줄을 차고 끌고 다닐 줄은 몰랐군.'

진도운은 어처구니없다는 듯 고개를 저었다.

"지금 그들은 어디로 향하고 있다고 하오?"

"지금쯤 이현에 있는 분타에 도착했을 겁니다."

"안휘성 외곽 쪽으로 돌고 있는 거구려. 여차하면 안휘성 밖으로 도망치겠다는 속셈 같은데⋯⋯."

다른 성으로 함부로 들어갔다가 그 성을 지키는 문파들의 공격을 받을 수 있었다. 하지만 진도운은 애초에 그런 걸 신경 쓰는 사람이 아니었다.

"내가 흑객들을 이끌고 직접 가보겠소."

"알겠습니다."

진도운이 자리에서 일어나자 젊은 청년 한 명이 다급히 뛰어 들어왔다.

"군마보의 무리가 이현 분타에 있는 제금사휘단의 무인들을 붙잡고 황산으로 향하고 있다고 합니다."

그는 들어오자마자 한쪽 무릎을 꿇으며 말했다. 그리고 진도운은 알겠다는 듯 고개를 끄덕이며 집무실 밖으로 나갔다.

⁜

곤오는 이현 분타에 황산 분타까지 들러서 그곳에 있는 제금사휘단 무인들을 모조리 붙잡았다. 얼추 70명 정도 되는 인원이었다. 그리고 그들 모두의 목에 줄을 채워서 질질 끌고 다녔다. 그들은 내공도 못 쓰고 입에 재갈까지 물려서 힘없이 끌려 다닐 수밖에 없었다.

그렇게 안휘상을 거리낌없이 돌아다니던 곤오는 황산에 있는 만금성의 분타까지 정리하고 나서 더 이상 움직이지 않았다. 그는 적당한 장소를 물색해서 그곳에서 수레를 대고 느긋하게 누워 있었다.

그는 이곳에 함정을 파놓고 만금성의 사람들이 오기를 기다리고 있었다. 자신들이 움직인 규모를 보고 그에 맞서려면 상당히 많은 사람들을 긁어모아올 터, 그래서 자신은 여유롭게 만금성의 분타 3군데를 털고 기다리고 있었다.

그가 누워있는 공터에 수레 하나가 덩그러니 놓여있었고 공터의 서쪽 끝에는 권파의 무인들이 제금사휘단 무인들을 붙잡은 채 모여 있었다. 그들은 만금성의 병력이 도착하면 인질을 내세워 만금성의 병력을 꼼짝 못하게 만들 셈이었다. 그리고 공터의 남쪽과 북쪽에 있는 숲에 군마철 사단이 반으로 나뉘어 숨어있었다. 그들은 그곳에 숨어 있다가 만금성의 무인들이 공터로 들어서면 양옆에서 덮칠 생각이었다. 그래서 곤오는 홀로 공터에 남아 미끼를 자처했다. 그는 상대가 누구든 제 한 몸 빠져나올 자신이 있었다.

"언제 오려나."

한껏 여유를 부리던 곤오는 우연히 고개를 돌리다가 공터의 동쪽에서 묵묵히 한 사람이 걸어오는 걸 보았다. 멀리서 봐도 눈이 부실 만큼 화려한 옷을 입은 젊은 사내였다.

그가 진도운임을 알 리 없는 곤오는 슬며시 상체를 들어 그를 뚫어져라 바라봤다.

"뭐지?"

곤오는 주변을 둘러봤다. 그때, 양 숲에서 요상한 바람이 불어오는 게 느껴졌다. 하지만 딱히 다른 인기척은 없었다. 그래서 다시 정면을 쳐다봤건만 어느새 자신이 타고 있는 수레 앞까지 진도운이 와있었다.

곤오는 계속 수레 위에 앉아 발만 까닥이고 있었다.

"누구실까? 도대체 누구시길래 여기까지 혼자 왔을까?"

그런데 그때, 진도운이 씩 웃더니 장포 안에서 미리 준비해온 검 한 자루를 꺼냈다.

스르릉.

진도운은 검을 뽑자마자 수레에 올라서며 곤오를 향해 휘둘렀다.

촤아악!

눈부신 섬광이 번뜩이며 곤오의 옆구리를 갈랐다.

"크윽!"

곤오는 순식간에 자신의 옆구리를 가르고 사라진 섬광에 놀라 수레 위에서 폴짝 뛰어내렸다. 하지만 진도운의 몸이 엿가락처럼 늘어나며 바로 따라붙더니, 연거푸 섬광이 번뜩였다.

이번에는 반대쪽 옆구리였다.

촤악!

핏물이 튀며 곤오의 반대쪽 옆구리가 갈라졌다. 다행히 뼈까지 베이진 않은 듯 살점만 너덜거렸다.

"무, 무슨……."

곤오는 미칠 지경이었다. 무슨 검법을 쓰는 것도 아닌데 피할 수가 없었다. 게다가 어찌나 움직임이 빠른지 귀신같이 따라붙어서 자신에게 피할 틈조차 주지 않았다.

촤악!

진도운의 검이 가슴 한 복판에 사선으로 된 긴 상처를 남겼다. 이번에도 역시 눈앞에서 섬광이 번쩍였을 뿐인데 어느새 가슴이 베어져 있었다.

"크흑!"

곤오는 가슴을 움켜쥐며 몸을 움츠렸다. 가슴뼈까지는 검이 들어오지 않은 듯 살점만 벌어지며 피가 쏟아져 나왔다. 하지만 그의 상의는 가슴에 난 상처를 따라 쩌억 벌어지며 스르르 흘러내렸다. 그리고 그의 상반신이 드러났다. 헌데, 그 상반신에는 칼로 난도질 된 자국이 셀 수도 없을 만큼 많이 남아있었다. 게다가 어찌나 자국이 진한지 저 멀리 떨어져 있는 권파의 무인들까지 볼 수 있었다.

진도운은 그 수많은 상처를 보며 히쭉 웃었다. 그리고 주변에 내공을 쳐서 이곳의 소리가 새어나가지 못하도록 막았다.

"기억나지? 누가 네 몸을 그렇게 만들었는지. 그걸 어찌 잊겠어?"

그 말에 곤오의 얼굴이 하얗게 질렸다. 그리고 이내 온몸을 부들부들 떨었다.

"다, 단혼수라각……."

진도운은 검 끝으로 곤오의 몸에 나있는 상처들을 툭툭 건드렸다.

"그때 내 부하들이 얼마나 성심성의껏 네 몸을 베었는데 말이야. 그게 생각보다 쉬운 게 아니더라고. 뼈는 상하지 않고 살점만 벤다는 게 생각보다 세밀한 감각을 요해서 말이지. 그러니까 네가 이렇게 살아있는 것 아니겠어?"

진도운의 미소가 진해졌다. 곤오의 얼굴은 하얗다 못해 보랏빛으로 질렸다.

부들부들.

곤오는 온몸을 움츠린 채 사시나무처럼 떨다가 천천히 뒷걸음질 치기 시작했다.

"네, 네 놈은 누구냐? 네 놈은 누구길래 그 일을 알고 있단 말이냐?"

진도운은 그의 발을 걸어 넘어뜨렸다. 그러자 뒷걸음질 치던 곤오가 뒤로 넘어가며 엉덩방아를 찧었다.

"저리가. 저리가라고!"

곤오는 땅바닥을 밀며 앉은 자세 그대로 물러났다. 그에 진도운은 똑같이 앞으로 나가며 지척의 거리를 유지했다.

"내가 그때 분명히 말했을 텐데. 다시 한 번 내 눈에 띄면 그때처럼 살만 베고 보내주는 일은 없을 거라고."

그 말에 온몸의 털이 쭈뼛 선 곤오는 맨 땅에 헤엄치듯 두 팔을 휘저으며 몸을 일으켰다. 그리고 도망치려고 뒤를 몸을 돌린 순간 진도운이 검을 두 손으로 잡고 곤오의 등을 힘껏 내리 찍었다.

푸욱!

일직선으로 내리꽂힌 검이 곤오의 등을 뚫고 배로 튀어나왔다. 그리고 그 검에 꽂힌 곤오는 몸을 한 차례 움찔 떨었다.

쿨럭.

곤오는 한 움큼의 피를 토해냈다. 그리고 진도운은 그의 몸에 꽂혀 있는 검을 눌러서 땅바닥에 찍었다. 그에 곤오 역시 땅바닥에 처박히며 온몸을 파닥거렸다.

진도운은 검을 놓으며 우뚝 섰다. 그리고 정면에서 권파의 무인들에게 붙잡혀 있는 제금사휘단의 무인들을 훑어보았다. 특히 그들의 목에 묶여있는 줄이 선명하게 눈에 들어왔다.

"못 본 사이에 고약한 취미가 하나 더 늘었군. 예전에는 사람을 말처럼 타고 다니더니 이제는 개처럼 끌고 다니나 봐?"

진도운은 무릎을 접어 곤오의 왼쪽 어깨를 누르고 앉았다. 그리고 주변에 세워놓은 내공의 막을 거둬들였다. 그러

자 정면에서 권파의 무인들이 쏟아내는 살벌하게 기세를 느낄 수 있었다.

"만금성의 사람들을 풀어주지 않으면 네 놈들의 주인도 무사하지 못할 것이다."

하지만 권파의 무인들은 조금도 위축되지 않았다. 자신들이 붙잡고 있는 인질의 수가 압도적으로 더 많았기 때문이다.

"이놈이 어디서 개수작을 부리는 것이냐!"

권파의 무인들은 갑자기 제금사휘단 무인들을 한데 모아 발로 차기 시작했다.

"지금 당장 분파주님을 풀어주지 않으면, 이놈들은 뼈도 못 추릴 거다."

권파의 무인들 중 한 명이 나서며 말했다. 그에 진도운은 방긋 웃었다. 그리고 양손으로 곤오의 팔을 잡고 뒤로 꺾었다.

으드득!

뼈가 어긋나는 소리가 들리며 곤오의 팔이 힘없이 축 늘어졌다.

"끄아아아악!"

곤오가 하얗게 질린 얼굴을 팔딱 들며 처참하게 비명을 질렀다. 그때 진도운은 하얀 이를 드러내며 웃었다. 그리곤 얼굴을 내려 곤오의 귀에다 대고 속삭였다.

"네 놈의 비명소리는 그때나 지금이나 질리지가 않아."

진도운은 그의 반대쪽 어깨로 옮겨 그쪽 어깨를 무릎으로 누르며 반대쪽 팔을 양 손으로 잡았다. 헌데, 그때쯤 곤오의 비명소리가 흐릿해졌다. 그러자 진도운이 아쉽다는 듯 한숨을 내쉬었다.

"이것 봐. 벌써 그 비명소리가 그립다니까."

곤오는 미친 듯이 몸을 떨었다.

〈5권에서 계속〉